JN138247

宮脇俊文

『夜はやさし』の世界

ジャズ・エイジは終わらない

青土社

ジャズ・エイジは終わらない――『夜はやさし』の世界　目次

ジャズ・エイジは終わらない――『夜はやさし』の世界

わが儚き夢のために

序章　『ミッドナイト・イン・パリ』とジャズ・エイジ

ゴールデン・エイジ

ウッディ・アレン監督の『ミッドナイト・イン・パリ』（二〇一一）は実に魅力あふれる映画である。そこにはパリの華やかさがあり、夢があり、文学をはじめとした芸術の香りに満ちている。主人公のギル・ペンダーはアメリカ人の映画脚本家だ。仕事は順調で、裕福な生活も保証されている。しかし彼がほんとうに目指しているのは小説家だ。婚約者のイネズはそれを認めず、カリフォルニアの高級住宅地マリブでの豊かな暮らしを夢見ている。パリにあこがれを抱くギルとは正反対である。

パリ滞在中のある夜、ギルが道に迷って街をさまよっていると、深夜十二時の鐘が鳴り、クラシック・カーがやってきて、ギルを車中へと誘う。中には一九二〇年代風の格好をした人々が乗っている。そうして連れて行かれたパーティーはジャン・コクトーが主催するもので、そこにはなんとF・スコット・フィッツジェラルドとその妻ゼルダ、作曲家のコール・ポーターらがいたのだ。最初は何かの冗談かと信じられないギルだったが、やがて自分にとっての「ゴールデン・エイジ」である二〇年代のパリにタイムスリップしてきたことに気づく。

その後、フィッツジェラルド夫妻らと向かったクラブでは、黒人ダンサーのジョセフィン・ベイカーに遭遇し、さらにその次の店にはアーネスト・ヘミングウェイがいるといった展開だ。そのへミングウェイにギルが執筆中の作品を読んでくれないかと頼むと、彼はガートルード・スタインを紹介すると言い出す。彼女は言わずと知れたアメリカの作家であり、画家や作家たちが集まるサロンを開いていた人物である。まさに夢のような世界だが、夢はまだまだ続く。スタイン宅でギルを迎えるのは秘書のアリス・B・トクラスであり、続いてパブロ・ピカソ、そして彼の愛人のアドリアナが登場する。ギルはそこでアドリアナを一目で好きになってしまう。

こうしてギルは現代と二〇年代、あるいは現実と夢の世界を行き来するようになる。そして歴史的人物との出会いはさらに続く。画家のサルバドール・ダリ、映画監督のルイス・ブニュエル、写真家のマン・レイらだ。ここまで来ると、観ているほうも現実を忘れ、二〇年代に完全に飲み込まれていく。それはまさにギルにとってだけではなく、我々にとっても夢のような「黄金時代《ゴールデン・エイジ》」なのだ。ギルが最後に婚約者と別れ、自分の進むべき道を見いだしたところで物語は終わるが、二〇年代のパリはまさにそんな時代だったのだ。

パリのアメリカ人

この時代のパリにはアメリカ人が大挙してやってきた。そしてジャズも一緒にやってきた。街にはジャズがあふれていたのだ。彼らはアメリカの文化をも一緒に持ち込んだのだった。つまり、パリには「ジャズ・エイジ」そのものがやって来たのだ。もっとも、ジャズが最初にパリにやってきたのは第一次世界大戦にアメリカが参戦した一九一七年だった。それは黒人部隊の軍楽隊による演奏である。これはまだこの段階ではラグタイムと呼ばれる種類のもので、ジャズの進化途上の音楽であった。しかし、それがやがて大戦後に一気に人々の心を捉えることとなる音楽の下地となっていたことは確かだ。

こうした時代を背景に描かれたのが、フィッツジェラルドの『夜はやさし』（一九三四）である。舞台はフランスのリヴィエラ海岸だ。このリゾート地で展開される物語は、ウッディ・アレンの描く二〇年代に負けず劣らず魅力にあふれているのだろうか。それはまぶしい太陽と優しい夜の世界なのだろうか。主人公のディック・ダイヴァーはギル・ペンダーと同様に夢のような世界を体験したのだろうか？

フィッツジェラルドというと、まず『グレート・ギャツビー』（一九二五）がその代表的作品として取り上げられることが一般的であるため、他の作品はどうしても後まわしになりがちだが、『夜はやさし』は別の意味で優れた感動的作品である。この作家は作品よりもその人生に多くの関心が集まるせいで、その作品そのものを正しく客観的に評価するのが困難である。確かに彼の作品には伝記的要素が色濃く出ているが、大切なことは、作品を作品として冷静に読むことである。我々読者としては、伝記的要素を多分に含みながらも、その背景となる時代を見事に分析し、小説という形で描くことができた彼の才能を評価すべきである。

『夜はやさし』には多くの欠陥が見いだせるために、失敗作とする評価もなくはないが、問題はむしろ読む側がどう感動するかである。その意味においては、これほど人生がぎっしりと詰まった作品は珍しいのではないだろうか。確かに、『ギャツビー』は申し分のない傑作である。その完成度は高く、仕上がりも美しい。それに比べ、『夜はやさし』には華やかさの背後にうごめくどろどろとした人間模様が描かれており、読後にじわじわと感動がやってくるといった種類の作品である。

二つのジャズ・エイジ

これら二作品にはこうした違いはあるものの、その背景は実は同じなのだ。そこに描かれた世界はまさにジャズ・エイジそのものなのだ。ひとつはアメリカのジャズ・エイジ、そしてもうひとつは、フランスに舞台を移したジャズ・エイジである。そして、どちらもアメリカ人の物語であるという点を忘れてはならない。つまり、『夜はやさし』は「大西洋を越えたジャズ・エイジの物語」ということになる。

しかし、その華やかな時代の雰囲気とは逆に、物語は重苦しい側面を多く兼ね備えている。あるいは、明るい太陽の側面と、そのまぶしさで見失いそうなくらいの夜の側面が同居している。これはこの時代の「国籍離脱者」、つまり祖国アメリカを離れ、ヨーロッパに移り住んだ文化的亡命者たちの物語であるが、大西洋をはさんで、ヨーロッパの側から見たアメリカの物語でもある。この点がこの作品を『ギャツビー』以上にアメリカ的なものにしているのだ。つまり、そこにはより客観的な視点が存在しているのである。

それではジャズ・エイジとはそもそもどのような時代だったのか。それは一九世紀中頃のアメリカン・ルネサンス以降、文化的にもヨーロッパからの独立を果たし、独り立ちしたはずのアメリカが再びヨーロッパへの回帰を始めた時代である。その理由のひとつには、第一次世界大戦後の大いなる経済発展が一人歩きし始め、それに文化や精神面がついて行けなかったことが挙げられる。その結果、なぜか満たされない空虚な気持ちを抱く人々が増え、いわゆる喪失感へとつながっていった。この時代を「失われた世代」と呼ぶのは簡単だが、それが含む意味を理解しなければ何も始まらない。問題は何が失われたのかである。

この呼び名は、ヘミングウェイとガートルード・スタインのあいだで交わされたやり取りから生まれたものであるが、その舞台はパリであったことを忘れてはならない。この二人のアメリカ人は、大西洋の向こう側から祖国アメリカを眺めていた作家たちだ。ヘミングウェイは一九二六年に出版された『日はまた昇る』のエピグラフに、「ガートルード・スタインの言葉」として、「みんな失われた世代ね、あなたたちは」を採用したが、それはこの二〇年代にパリに生活するアメリカ人のことを描いた物語であった。

一九二七年の大西洋無着陸横断飛行というチャールズ・リンドバーグの偉業によって気づかされたように、人々は繁栄の中、何に向かって生きていけばよいのか、その道行きを見つけられないまま彷徨っていた。結局金を使うことしかできないまま、時は流れていくのだった。リンドバーグを見て、人々はこう思ったのだ――「そうか、空を飛べばよかったのか」と。フィッツジェラルドが「ジャズ・エイジのこだま」（一九三一）というエッセイに書き記したこの一言がすべてを物語っている。そうすれば閉塞状態から脱出することができる。突破口が見つかるかもしれない。人々はこの時しばし「古き良き時代の夢」に思いを馳せたのだった。しかし、それでもその後もリンドバーグに続くことはできず、結局「スピーク・イージー」と呼ばれる地下のもぐり酒場で飲み続けるしかなかった。

フィッツジェラルドは「ジャズ・エイジのこだま」の中で、「この頃には、わたしの同世代は、暴力の暗い奈落へと姿を消し始めていた」と振り返っている。それは不況の時代ならまだしも、好況が続いている時代のまっただ中のことなのだ。人々を苦しめる閉塞感がそうさせたのだろうか。『夜はやさし』に登場する音楽家のエイブ・ノースは、最後はニューヨークのもぐり酒場で殴り殺されることになる。

ジャズは言うまでもなくアメリカで生まれた音楽であり、ジャズ・エイジはアメリカの社会のことを指す用語であった。しかし、皮肉なことに、二〇年代にほんとうにジャズの音楽があふれていたのはパリだった。そこでは黒人ミュージシャンが本物のジャズを演奏し、人々は酒を楽しんでいた。また黒人は差別されることなく、自分たちの音楽を自由に演奏することができる環境にあったし、さらに酒も自由に飲むことが許されていた。

一方、本国アメリカには人種差別が歴然と存在しており、いかに一流のジャズ・ミュージシャンであろうとも、その差別の対象から外されることはなかったのだ。白人側は黒人たちから音楽だけを搾取し、黒人たちは相変わらず境界線の向こう側に追いやられていたのである。さらに、飲酒に関しても、この時代は禁酒法が施行されていたため、公然と酒を飲むことは法律に反することであった。そこでもぐり酒場が都市部に多く存在することとなったのだ。

この時代、アメリカの白人社会では、ジャズはダンス音楽、つまりビージーエム的な存在でしかなかった。本物のジャズが聴けるとされたハーレムの〈コットン・クラブ〉も、実は人種差別の象徴のような店だった。そこでは、観客は白人のみであり、ステージ上で黒人が演じるという場所だった。まさに差別の境界線が明確に引かれた場所だったのだ。こうした状況の中で、ジャズがその本来の特性を存分に発揮することが難しかったのは言うまでもないことである。禁酒法時代に名を馳せたこのクラブの様子は、フランシス・フォード・コッポラ監督の『コットン・クラブ』（一九八四）に詳しく観ることができる。

ブリックトップ

第一次大戦によって、ジャズは大西洋を越えてパリへと渡ることとなった。そしてたちまちパリの人々の心を捉えていったのだった。アメリカのバンドは、アップビートでシンコペーションの効いたサウンドで軍隊や一般市民を楽しませようとパリにやってきた。彼らはいろんな種類の音楽を演奏した。そして中には戦争が終わってからもパリに留まり、演奏を続けたバンドがあった。そうしてジャズは一九二〇年までには戦後のパリを語る上で欠かせない一部となっていた。そこにはジャズがあふれていたのだ。それはまた人々の家の中にもレコードという形で入り込んできた。人々を「狂わせる」この音楽は、まさにこの時代を「狂乱の時代《レザネフォール》」と呼ばせるきっかけとなったのだった。ジャズは単なる音楽ではなかった。それは音楽としてだけでなく、むしろ文化の流れとして捉えるべきものだった。ジャズは芸術の都パリにとって新たな魅力あふれる時代の幕開けを告げるものとなったのだった。

そんなジャズの街パリの中でも有名な店が〈ブリックトップ〉である。この店はアメリカ人のダンサーであり歌手だったブリックトップと呼ばれる女性が一九二四年に開いたナイトクラブで、コール・ポーター、デューク・エリントン、ジョセフィン・ベイカーらの著名人が常連客であった。フィッツジェラルドもこの店に頻繁に出入りしており、コール・ポーターよりも先に自分がこの店を発見したことが最大の自慢だと言っている。そして短編の「バビロンに帰る」(一九三一)にもこの店を登場させている。

久しぶりにパリに戻ってきた主人公のチャーリーは、夜の街をなつかしく見て歩く。彼はまずカジノでジョセフィン・ベイカーの踊りを見物し、そのあとこの店へと向かう。

一時間の後に彼は席を立ち、モンマルトルの方に向けてそぞろ歩きをした。ピガール通りを抜けてブランシュ広場へと。雨はもう止んでいて、キャバレーの前でタクシーから下りてくる夜会服に身を包んだ何人かの人の姿も見えた。売春婦《ココット》が一人で、あるいは二人一組で客を探してうろついていたし、黒人たちの姿も沢山見受けられた。彼は中から音楽が聞こえる電灯に照らされたドアの前を通りかかったとき、ここはよく来たなという感慨を抱いて歩を止めた。それは〈ブリックトップ〉だった。そこで彼はかつてずいぶん多くの時間とずいぶん多くの金を消費したのだ。

『夜はやさし』には当時のジャズの楽曲が多く登場しているが、フィッツジェラルドはこうしたナイトクラブに顔を出すことで、最新のジャズの情報を得ていたようだ。また、この作品のモデルとも言われ、その献辞に名を刻まれているジェラルド・マーフィーと妻のサラは常にアメリカから最新のジャズを仕入れていたので、フィッツジェラルドは彼らを通してもジャズにある程度精通するようになっていったはずである。

〈ブリックトップ〉はモンマルトルの重要なクラブのひとつで、そこに行けば単にジャズが聴けるというだけではなく、この店は二〇年代のパリの黒人ジャズ・ミュージシャンにとっての文化的中心地となっていた。彼らは他のクラブでの演奏を終えるとこの店に集まり、ただ語り合うだけでなく、自由に即興演奏し、その力を競い合うジャム・セッションをも楽しんだのだった。

オーナーのアダ・ルイーズ・スミスはアメリカ出身の黒人で、その髪の毛から赤毛を意味する

〝ブリックトップ〟と呼ばれていた。彼女は一九二四年にパリに渡り、モンマルトルのクラブ〈ル・グラン・デュック〉でシンガーとして働き始めたが、スター歌手として活躍していた彼女は、やがてジョセフィン・ベイカーのナイトクラブ〈シェ・ジョゼフィーヌ〉の近くに自分自身の店を持つようになった。売り出し中のミュージシャンであるルイ・アームストロングらも出入りしていたこの店は、他のクラブと並んで、ブルースやジャズ・ダンスがモンマルトルを活気に満ちた熱い街に変貌させることに喜びを見いだしていた。この地区のクラブはそんな流行の仕掛け人の役割を果たしていたのだ。言うまでもなく、〈ブリックトップ〉は『ミッドナイト・イン・パリ』にも登場する。

もしアメリカに人種差別がなければ、アメリカの都市はパリのようになり得たかもしれない。しかし、それはパリにしかないクラブだった。店のオーナーたちは人種差別をする客を臆せず排除してくれたおかげで、アメリカの黒人たちはパリの地で新たな自信を与えられたのだった。その結果、彼らは気軽に街に出かけることにも何ら心配する必要はなかった。こうしてパリではアメリカ黒人たちによる本場のジャズを堪能することができたし、パリ在住の多くのアメリカ人たちもこの自由な雰囲気に参加することができたというわけだ。それは本国では味わえないものであり、彼らは異国のパリで自分たちの国の自由というものの価値を発見することとなったのだ。つまりパリを中心としたヨーロッパは、アメリカ人にとっての新たなフロンティアとなったのだ。こうした構図は、後にブルースがヨーロッパ経由でアメリカに逆輸入され、評価されていったことに似ている。

経済的繁栄の裏側で

ジャズ・エイジは当時のアートを見てもわかるように、まさにゴールデン・エイジであった。『ミッドナイト・イン・パリ』のギル・ペンダーだけがそう思っていたのではない。ファッションのセンスからしても現代をしのぐと言ってもいいくらいだ。ジャズの背景には常にダンスと酒があり、快楽の象徴とも言えるのがこの音楽だった。また忘れてはならないのは、この時代、経済的にも軍事的にも世界の優位に立ったアメリカの抱える最大の問題点は、経済的繁栄が道徳的優位と同格であると勘違いしたことであった。

第一次大戦でのアメリカ軍の役割と債権国であるという新たな立場が、誰に対しても傍若無人に振る舞い、何をしてもかまわないという姿勢を国民に取らせるようになったのだった。このことを自戒的に描いているのが「バビロンに帰る」である。この時代、文化的な貢献はあったものの、その反面、道徳面においてパリのアメリカ人たちは乱れに乱れていた。そのつけがいかに大きいものであったかをこの短編は教えてくれる。結局彼らはアメリカ人であるということを止めようとはしなかったのだ。その地になじもうという努力はなく、どこに行っても常にアメリカ人のままだったのだ。

拙著『アメリカの消失』でも取り上げたが、アメリカのドルがフランスのフランに対していかに強かったかが「バビロンに帰る」の次の一節でよくわかる。

彼［チャーリー］はパリの大衆向けレストランで食事をしたことが一度もなかった。五皿のディナーがワイン込みで四フラン五十、たったの十八セントである。とくに理由はないのだが、それを食べておけばよかったのになと彼は後悔した。

それはアメリカ人にとってはただ同然と言ってもいいような値段である。チャーリーはそんな安い大衆レストランには一度も入ったことがなかったのだ。さらに、彼が湯水のように金を使って奔放な生活を楽しんでいたことが次の引用からわかる。

彼は覚えていた。たったひとつの曲を演奏させるために何枚もの千フラン札がオーケストラに与えられたことを。タクシーを呼んだだけで何枚もの百フラン札がドアマンに放られたことを。

当時の為替レートは、一九二五年を例に取ると一ドルが二一・二五フランであったから、オーケストラに一曲をリクエストするのに少なくとも百ドル、またドアマンにも十ドルの金をばらまいていたことになる。その散財ぶりがうかがえる。これが当時パリで自由奔放に暮らしていたアメリカ人の姿である。

この主人公のチャーリーがパリに戻ってきた目的は、その一人娘のオノリアを取り戻すことだった。恐慌後、彼は娘をパリに残してプラハへと旅立っていたのだったが、それは彼の放蕩生活に原因があった。彼と妻のヘレンは愛し合っていたにもかかわらず、ある夜バーで些細なことから口論となり、先に帰宅したチャーリーは酒のせいで玄関に鍵をかけたまま眠ってしまう。その後戻ってきたヘレンは家には入れず、雪の降る街をさまようこととなる。なんとか肺炎にかかることは免れたが、その後彼女は心臓発作で死んでしまう。この時チャーリーはアル中患者の療養所に入っており、娘はヘレンの姉夫婦に引き取られることとなったのだ。

その後アルコールを断ち更生したチャーリーはプラハから再びパリを訪れる。しかし、事は思うようには運ばない。今やまじめな生活を送っているチャーリーは、娘を取り戻せると確信していたが、パリにはまだ「過去の亡霊」とも言うべき以前の飲み仲間が存在しており、彼らのせいでチャーリーの計画は台無しになってしまうのだった。過去に犯した罪はそう簡単にはぬぐい去ることができなかったのだ。その代価は大きいものだった。それでも、かつてアメリカ人のバーと化していたリッツ・ホテルのバーに再び戻ったチャーリーは、またいつかきっと娘を取り戻そうと決意するのであった。

その後チャーリーが再び娘とともに暮らせるようになったのかどうかはわからない。ただ、自分にとっては何よりも大切なのは娘であると確信しつつも、結局彼の心に浮かんだのは、娘に何かを買ってやろうということだった。それは親心とはいえ、どこか過去の悪い習慣がまだ残っているとも解釈できる部分だ。つまり、金を湯水のように使っていた時代の悪癖だ。金があれば何でもできると錯覚していた頃の癖がふとよみがえっているともとれるのだ。彼はそんな自分を腹立たしく思うのだが、このあと彼がほんとうに酒に手を出さず、娘を取り返せるかどうかは不明だ。このように、この短編には当時パリに暮らしていたアメリカ人の実態とそこに潜むアメリカの問題点が描かれている。ここに登場するリッツ・ホテルのバーは『夜はやさし』にも登場する。

第一章　フィッツジェラルドの苦悩と『夜はやさし』

アメリカの消費文化

アメリカ文化は消費主義に基づいた文化であり、人々は消費することで自己主張をしようとした。こうしたアメリカの特徴は、『夜はやさし』を読む上で重要な要素となってくる。当時のこうした社会状況をマルカム・カウリーは『ロスト・ジェネレーション――異郷からの帰還』の中で次のように説明している。

アメリカの支配者たち――雑誌各誌は彼ら［実業家たち］をそう呼んでいた――は、書物や思想にはほとんど関心を見せなかった。［……］それでも彼らの発言は、当時ほとんど全国民に信奉されていたある種の教義をあらわしていたのである。すなわち、アメリカ人はもっと長い時間、そしてもっと懸命になって働くべきだし、常により多く生産し、より多く消費すべきだ。そして常により多く貯蓄し、この国の未来に投資するべきである――未来は安泰なのだから、と。

どうやらこの教義がアメリカ繁栄の秘訣であるらしかった。［……］分割払いのせいで、ますます多くの人が借金をするようになった。彼らは特別ボーナスをもらって稼ぎを増やそうと必死になって働き、おかげで手に入れた新製品を享受する時間はどんどん減っていった。株価は年々上昇していたけれど、この値上がりは過去の実績というよりは、将来によせる期待から来るものだった。

まさに経済的繁栄がすべての鍵だという風潮だ。そうして懸命に働いても、幸福感や満足感は得られないという結果が待っているだけである。いったい何のために働くのか、その意義がわからなくなってくる状況に人々は置かれていたようだ。このことは、一九世紀の中頃にすでに、ヘンリー・D・ソローによって指摘されていたことだった。そしてそれはまさに現代社会が抱える問題の起源とも言えるのだ。経済的に豊かになるために働くが、豊かになってもそれを結局は享受できないという矛盾の中、人々はどんどん疲弊していく。それでもアメリカはそれを絶対的な美徳としてきた。「余分なお金があれば、余分なものを買うだけです。魂が欲するものを買うのに、お金はいりません」という『ウォールデン』(一八五四)の中のソローの言葉が身にしみる。

また、作家をはじめとする知識人たちは、何にもまして「社会システム全体に蔓延しはじめた欺瞞」を嘆いた。これは我々が生きる現代社会にもそのまま当てはまることだ。カウリーはこう指摘する。

ビジネスマンはサービス重視を語りながら実は利益が第一だし、政治家は庶民への愛を語りつつ、ウォール街からの指令を受け取っている[……]。禁酒法の取締官たちだって、密売業者に手入れにはいるのは押収した酒を別の業者に売りさばくためじゃないか[……]。

こうした社会風潮の中、人々にもたらされたのは精神的貧困だった。経済がどんどん上向きになるにつれ、精神的にはますます枯渇していったのだった。二つの線の距離は広がる一方なのだ。人々はものを消費することで、心も消費されていったのだ。

ニコルの消費スタイル

ただ『夜はやさし』のヒロインであるニコルはそんな風潮の中に生きる人々の中の例外的存在である。彼女は夫のディック・ダイヴァーとは違い、生まれながらにして裕福であり、消費することは当然の行為として身についていたため、それによって消耗することはない人種なのだ。『グレート・ギャツビー』でいえば、トム・ブキャナンのような人種だ。いわゆる有閑階級に属する人々である。物語の進行とともにディックが下降線をたどっていくのに対して、ニコルは上昇線を描いていく理由はそこにあるのだ。

ニコルの消費スタイルに注目すると、それは明らかに中産階級の場合とは違っていることがわかる。

ニコルは二ページにわたる膨大なリストを見ながら買い物をし、他にもショーウィンドーで目についた物を次々に買っていく。気に入ったもので、自分では使えそうにないものはすべて、友人へのプレゼントとして買った。色とりどりのビーズを買い、折りたたみ式のビーチクッションを買い、造花を買い、蜂蜜を買い、［……］これらすべてを次々に買っていくニコルの買い物は、例えば高級娼婦が下着や宝石類を買い漁るのとは少しも似ていない。後者はたんに商売道具を、保険を買っているにすぎない。ニコルの買い物は、それとはまったく違う視点からなされたのだった。多大な創意と労働とがニコルを産み出したのだ。ニコルのために汽車はシカゴを出発し、アメリカ大陸のふっくらと丸い腹を横切ってカリフォルニアまで走り続ける。チューインガム製造所が煙を吐き、各地の工場では流れ作業の製造ラインが着々と延びていく。［……］混血のインディオはブラジルのコーヒー大農園で身を粉にして働き、夢想家は新型トラクターの特許を巻き上げられる――これらの人々はみな、ニコルに十分の一税を納める民である。そして巨大なシステム全体が轟音とともにぐらぐらと前進する、まさにその歩みによって、大掛かりな買い物を始めとするニコルの営為は、燃えさかる炎を前に持ち場を守る火夫の顔の火照りにも似た、熱っぽい輝きを帯びるのだ。ニコルは自らの宿命を内に抱え込みつつ、きわめて単純な原理を例証して見せているのだが、その例証に寸分の狂いもないがゆえに、彼女の行為には優美さがあり、まもなくローズマリーもそれを真似ようとすることになる。

このように「膨大なリスト」を片手に買物をするニコルには、資本家としての生き方が身についているのだ。デイヴィッド・ロッジは『小説の技法』の中で、「ニコル・ダイヴァーがパリで行なう買い物ツアーの描写は、金持ちの『違い』を雄弁に体現している」としている。この買物ツアーに同行したローズマリーは、「ニコルを新しい目で眺め、その魅力をあらためて見定めようと」している。ニコルはローズマリーがそれまでの人生で会った中で、「最も魅力的な女性」と映っている。ニコルの「強さ、献身と貞節、そしてある種の捉えがたさ」は、その「お金の使い方にも関係がある」に違いない。「母親の中産階級的な目を通して」彼女はそう考える。ローズマリーは、そんなニコルの優美さにあこがれ、その買物の仕方をまねようとするが、それは「自分の手で稼いだ」金である。この違いは大きい。

フィッツジェラルドは「貼り合わせ」（一九三六）と題するエッセイの中で、「有閑階級に対する根強い不信と憎悪」について語っている。最初の小説『楽園のこちら側』（一九二〇）が売れて、晴れてゼルダと結婚できた後にも、「革命家の信念というよりも、農夫が持つくすぶるような憎悪」が彼の中にはあったと告白している。それ以来、彼は友人に会う度に、いったい彼らの金はどこから来ているのだろうと考えるようになり、彼らが君主の権利を利用して自分の女に手を出すのではないかと不安を抱くようになったという。これはフィッツジェラルドの有閑階級への特別な思いの表れのひとつであり、それが『ギャツビー』や『夜はやさし』などの作品にも反映していると言えるだろう。

大転換の時代

古いアメリカを象徴しているのがディックなら、宙ぶらりんの二〇年代から新たに生まれ変わろうとしているのがニコルだ。その意味ではこの小説の主人公はニコルであるとも言える。彼女の背後に巨万の富がひかえている点が、この時代のアメリカそのものである。いつしかかつての純粋無垢さを失って堕落していくディックの姿は、この時代のアメリカ人を象徴しているかのようだ。その原因は富であり、しかもそれは自分が努力して得たものではないということだ。それはニコルの財産であり、彼のものではない。リヴィエラ海岸のビーチという彼の理想の小宇宙にも、アメリカの資本主義はやってくる。ジャズとともに。ニコルの姉であるベイビー・ウォーレンという資本主義の権化に食い物にされていくディックの姿がここにある。

実はベイビーはニコルのために医者を買おうと考えていたのだ。彼女はディックに、「あの子のいまの状態を考えると、いちばんいいのはどこかの立派なお医者さんと恋に落ちて――」と切り出す。そのとき彼は、

喉もとに笑いがこみあげ、ディックはいまにも吹きだしそうになった。ウォーレン家はニコルに医者を買ってやるつもりなのだ――お医者さんがほしいんですけど、手ごろなの、あります？　ニコルのことをあれこれ心配してもしかたない。すてきな若い医者を買ってやれる家族

がついているのだから。ペンキ塗りたての新品の医者を。

この段階では笑っているディックだが、結局その役割を担うことになるのは彼自身なのだ。つまり彼はウォーレン家に買われたのだ。こうしてディックはアメリカの資本主義の犠牲となっていく。「ジャズ・エイジ」という呼び名はフィッツジェラルドが名付け親だとされているが、彼にとってのジャズとは何であったのか。それは音楽の一ジャンルとしてのジャズ以上の意味を持っているものであり、新しいモダンな世界を意味した。また、同時に表面的で放縦な世界をも意味した。そこには人種問題も含まれていたことは事実だが、チャールズ・シンドーが指摘しているように、この時代、ジャズを扱うことはアメリカのモダン・ライフの曖昧さを論じることでもあった。つまりそれは世相を表す用語だったことになる。

この時代は不安と希望が入り交じる時代だった。二七年のリンドバーグ事件まで、人々は過去にも戻れず、また同時に、現在や未来に確固たる信念を見いだすこともできない状態だった。変化は避けられない時代であり、それを進歩と捉えるか、あるいは衰退と捉えるかの違いが人々の運命を形成したのだった。変化といっても、それは緩やかなものではなく、急速な変化だった。人々の中で価値観の「大転換」が起こりつつあったのだ。こうした状況を背景に書かれたのがフィッツジェラルドの『夜はやさし』であったことを忘れてはならない。そして、その主人公が精神科医のディック・ダイヴァーである。これは彼の物語だ。

逆転現象

そこに描かれた変化とは「逆転現象」とも言えるものであり、それが顕著に見られるのが物語前半に展開されるサン・ラザール駅の事件の場面である。ディックやニコルらがアメリカに戻るエイブ・ノースを見送る際に、若い女性による銃撃事件が起こる。撃たれたのは男性であり、彼女の髪型は「ヘルメットみたいな」と形容されている。ここで、「なぜ多くのまともな人間がダメになっていくのか？」という疑問が投げかけられるが、これは小説全体を通して響き渡っているものである。戦場で銃を撃つのは男の役割だが、ここでは女が男を撃つ。ひとつの逆転現象がここにある。

ニコルがディックの腕をつかみ、「見て！」と叫んだ。振り向いたディックは、その三十秒ほどの出来事をどうにかその目に収めることができた。二両ほど先の寝台車《プルマン》の乗車口で、さよならが飛び交うおなじみの風景の中から鮮烈な場面がくっきりと浮かび上がった。先ほどニコルが声をかけた、ヘルメットみたいな髪型の若い女が、それまで話していた男のもとから身をかわすような奇妙な動きで小走りに離れ、狂ったように片手をバッグに突っこんだ。その直後、リヴォルヴァーの銃声が二発、狭いプラットホームの空気を切り裂いた。と同時に、鋭い汽笛が響いて列車が動き出し、銃声の重みを束の間かき消した。何が起こったかまったく知らない様子で、エイブが再び窓から手を振る。だが、人だかりができる前に、離れている人々にもはっきりと見えた。銃弾がその役目を果たすのが。標的がプラットホームに腰から沈みこんでいくのが。

また逆転現象と言えば、父親の死後に下降線をたどっていくディックに対して、ニコルは彼女の父親の失踪後、上昇線をたどっていく。それぞれの父親との別れの後、二人は全く正反対の方向へ進むが、こうした現象はすべてサン・ラザール駅の銃撃事件に集約されている。この事件を境にすべてが逆転していくのだ。この後、ダイヴァー夫妻と仲間たちは「何事もなかったかのように」駅を後にする。しかし、実際はそうではなかったのだ。

だが事実は何事もなかったどころか、何もかもが起こったのだ――エイブが発ち、まもなく午後にはメアリーもザルツブルクに発つ。こうした出発はパリでの楽しいひとときの終わりを告げていた。いやそれとも、あの銃声が、神のみぞ知る暗い物語を終結させたあの衝撃こそが、終わりを告げたのかもしれない。弾丸は彼ら全員の生に喰いこんだのだ。歩道へと踏み出していく彼らの耳には、暴力のこだまが残っている。タクシーを待つあいだも、すぐそばで二人のポーターが検死を行っていた。

この場面は、まさに「大きな変化」を物語っている。アメリカへ帰るエイブ、ザルツブルクに向かうその妻メアリー。女が男を撃ち殺す。二つのものが入れ替わる瞬間がここにある。ここから物語は別の展開を迎えることとなるのだ。この現象を捉えたものに次の場面がある。それはエイブ・ノースに関する描写である。

「昔はエイブもすごくすてきな人だったのよ」ニコルがローズマリーに話し聞かせる。「ほんとにすてきな人だった。もうずいぶん前のことだけど――ディックとわたしが結婚してまだ間もない頃ね。あなたもあの頃のエイブを知ってたらと思うわ。うちに来て、何週間もずっと泊まってるんだけど、家の中にいることにも気づかないくらい静かなの。ときどきピアノを弾いて――ときどき書斎にこもって、ミュートをかけたピアノを何時間も愛しそうに弾いて――ねえディック、あのメイドのこと憶えてる？　その子ね、エイブのこと、幽霊だと思ってたの、それでエイブったら、たまに廊下ですれ違うときに、変な声出して脅かしたりして、一度なんてお茶のセットをまるごと割られちゃったわ――でもそんなことどうでもよかった」「……」「何があの人をこんなふうにしたの？」ローズマリーは訊ねた。「どうしてお酒を飲まずにいられないの？」

その件への責任をいっさい否認するみたいに、ニコルは首をゆっくり左右に振った。「頭のいい人はみんなだめになっちゃうみたいね、最近は」（傍点筆者）

最近は頭のいい人間がだめになっていくという現象は、まさに正常と異常の逆転現象である。そして、なぜアメリカ人だけが崩壊していくのかという疑問は作品全体を通して鳴り響いている――「どうしてアメリカ人だけ放蕩で身を滅ぼすのかしら?」

アメリカに戻ったはずのエイブ・ノースがアメリカ人の店ともいえるリッツ・ホテルのバーに入り浸っている場面がある。

エイブは知り合いの一人に別れを告げ、振り返ってバーを見渡したところ、にぎわいの絶頂が、その訪れと同じくらい唐突に過ぎ去っていることに気づいた。

「……」その後は過去に生きる幸せに浸り、ただじっと座っていた。酒のおかげで過去は現在と一つになり、過去の幸せな出来事がいまなお続いているような気になれたし、さらには未来とも一つになって、その幸せがいままさに再び訪れようとしているような気になれた。

エイブ・ノースはもはや過去に生きる人間と化している。彼はそこにしか幸せを見いだせないのだ。彼の時間はある時点で停止してしまっているのだが、もちろん時は動き続けている。彼は酒の力で過去と現在を入れ替えているだけなのだ。この傾向はディックにも見られる。ただ彼はなんとか現在に目を向けるよう必死で闘っている。だがいずれその闘いにも終わりがやってくる。そしてエイブの後を追うこととなる。つまりしだいに彼も酒に溺れていくのだ。

『夜はやさし』執筆構想

フィッツジェラルドは『ギャッビー』を出版した一九二五年の段階で、すでに次作の構想を練っていた。そのきっかけとなったのは、サンフランシスコで起きたある殺人事件である。それはまさにジャズ・エイジが起こした事件とも言えるもので、当時かなりの話題となった。このニュースは『ニューヨーク・ヘラルド』紙の国際版を通してフランスに滞在していたフィッツジェラルドの目に入ることとなった。

この事件は一九二五年の一月一三日に起きた。その日の朝、ドロシー・エリントンという一六歳の少女が母親を殺害したのだ。それはこの母と娘が、この街のバーやクラブで演奏するジャズ・グループを巡って論争を展開した末のことだった。娘は夜な夜なこのグループのメンバーとともにパーティーに出かけ、酩酊状態で帰宅していた。そんな行動を見かねた母親は、娘をとがめ、事件前夜の娘の外出を禁止した。二人の口論は翌朝まで続き、激昂した娘は拳銃で母親を撃ち殺したのだった。これはまさにサン・ラザール駅の発砲事件と重なるものである。

その後ドロシーは家の引き出しから現金四五ドルを持ち出し、その夜もまたパーティーに出かけていった。彼女はその翌日の早朝までとても陽気にはしゃいでいたと報告されている。その後母親の死体が発見され、捜査の手が偽名で部屋を借りていたドロシーに及び、事件から二日後の一五日に逮捕に至った。メディアはドロシーを「ジャズ・ガール」と呼んだ。そして、世間には「ジャズ狂い《ジャズマニア》」の犠牲者として報じられ、酒、たばこ、ダンス、大音量のジャズ、ペッティング、自動車に狂った結果だとされた。そこではジャズは悪の元凶のように捉えられている。ジャズがこの少女を狂わせたという結論だ。若者のモラルはジャズによって狂わされてしまったということになる。

問題はなぜフィッツジェラルドがこの事件から作品の構想を得たかである。それはこの事件がまさに彼の大きな関心事である「ジャズ・エイジ」を象徴していたからだ。一言で言えば、それまでの時代には想像もつかないような出来事だったからだ。それはこの作家にとって単なる殺人事件ではなく、時代を大きく揺るがすような種類の出来事だったのだ。そこにあるのは結局モラルの問題である。何か時代の軸が大きくくずれたと感じさせるものであったのだ。

モラルといえば、フィッツジェラルドは「ジャズ・エイジのこだま」に当時の状況を詳細に記述している。それは第一次大戦前、すなわち、ヴィクトリア朝の時代からすれば信じられないような変貌ぶりである。戦後のアメリカでは性のモラルの大転換が起こっていたのである。

『ニューヨーク・ヘラルド』紙はこのエリントン事件を「ジャズ・エイジの堕落と不品行」、そしてまた「抑圧的なアメリカ社会が引き起こした異様な犯罪」の一例として取り上げたのだった。それはまさに「フラッパー」と呼ばれる新時代の娘とヴィクトリア朝の母親とのあいだの葛藤を示すものであった。これにフィッツジェラルドが反応しないわけはなかった。そこから彼が得たインスピレーションは『ギャツビー』の場合と大差のないものである。つまり、題材としては飲酒、派手なパーティー、密造酒、高価な車などであり、それに不義、殺人、自殺といったテーマが絡んでくるものだ。実際、『夜はやさし』にはこれらの多くが描かれていると言ってよい。

このように、フィッツジェラルドは実際に起きた事件をヒントに新たな小説に取りかかろうとしたのだった。その後、この構想は二転三転し、最終的にはかなり違ったものになっていったのだが、一貫して変わっていないのは、『ギャツビー』と同様、それがジャズ・エイジを背景とした小説であるということだ。ただ、『夜はやさし』の場合はその舞台がヨーロッパに移っている。つまり、この小説は大西洋を越えたジャズ・エイジの物語ということになるのだ。しかし、『ギャツビー』もリヴィエラで執筆され、ローマで改訂が行われたことを考えると、それがアメリカを舞台にした作品であるとは言え、その視点はヨーロッパからのものであったことになる。

長い執筆期間

フィッツジェラルドは『夜はやさし』を世に送り出すまでに九年という長い年月を費やした。しかもこの間には短編の執筆やハリウッドでのシナリオの仕事などで何度も中断を余儀なくされている。最終的に一九三二年になって再び本格的にこの小説に取り組むことができたのだが、一九二九年の大恐慌を経て、いわゆる「ジャズ・エイジ」はすでに終わっていた。一九三四年についに出版された時には、すでに人々の関心は他のことに移っていたのだった。そんなタイミングの悪い出版であったために、売れ行きは芳しくはなかった。一般読者も批評家も、誰もがすぐには好意的に反応できなかったのも無理はない。それに焦りを覚えたフィッツジェラルドは、改訂を試みてまで再度その真価を世に問おうとしたのだった。残念ながらそれは実現しないまま彼はこの世を去ることとなってしまった。こうしてこの作品は三〇年代という大恐慌の時代の波に呑まれ、忘れ去られていったのだった。

当時この作品が受け入れられなかった理由は他にもいくつか挙げられるが、やはりなんと言っても物語の中身と出版時の世相の差があまりにも激しかったことが大きく響いていた。それはまさに不運としか言いようがないが、作品そのものの出来映えは別問題である。完成に九年の歳月を要しているあいだに、世の中が大きく変わってしまったわけだが、だからこそ、この小説は後になってじわじわと人々の記憶から何かを引き出し、かえって強烈な印象を残す結果となっていることも事実である。もしもこの作品が、『ギャツビー』の後、それほど間隔を空けずに世に出ていたとしたら、もちろん内容もかなり違っていたものになっていただろうが、華やかなジャズ・エイジ小説のヨーロッパ版として脚光は浴びても、二〇年代の終わりとともに忘れ去られていったに違いない。しかし、長くかかった分、なんといっても作家の苦悩がそこには凝縮されている。それがこの作品に深みを持たせる結果となっているのだ。

第二章　『夜はやさし』とヘミングウェイの『エデンの園』

ヘミングウェイによる『夜はやさし』批評

『夜はやさし』を「海を越えたジャズ・エイジの物語」として捉え、そこにはこの時代の「逆転現象」が見られるということを考えるとき、ヘミングウェイの『エデンの園』（一九八六）を頭に思い浮かべる読者は少なくないのではないだろうか。なぜならこの作品には『夜はやさし』との共通点が実に多く見られるからだ。

『エデンの園』の出版は、ヘミングウェイのそれまでのイメージを大きく覆すものであった。またそれと同時に、その異色の作品世界にフィッツジェラルドの影のようなものを感じる読者も多くいたと思われる。この作品は、一九四六年から五八年にかけて断続的に書かれたとされているが、物語の背景は一九二〇年代の初期から中期にかけてであり、『夜はやさし』の場合とほぼ重なる。そして、舞台がリヴィエラという点も同じだ。また、この作品がキャサリンという女性の「狂気」を描いている点も『夜はやさし』を彷彿とさせる。キャサリンは、フィッツジェラルドの妻ゼルダと同様、破壊的な狂気を持ち合わせているのだ。ゼルダがスコットの仕事に嫉妬し、その邪魔をしようとしたとヘミングウェイは信じていたようだが、それはキャサリンがデイヴィッドの執筆の邪魔をすることに当てはまる。

このように、作品の背景やキャサリンの狂気の点などを考え合わせると、『エデンの園』の執筆において、ヘミングウェイが『夜はやさし』のことを何らかの形で意識していた可能性は濃厚である。それはまた言い換えれば、フィッツジェラルド夫妻をかなり意識していたということになる。ではこうした類似点は、単に偶然に過ぎないのであろうか。それとも、ヘミングウェイは『夜はやさし』を実際に意識していたのだろうか。このことを探る手がかりとして、まずヘミングウェイの手紙に記されたこの作品への反応を見てみよう。

一九三四年に『夜はやさし』が出版された段階では、ヘミングウェイはこの作品に否定的な反応を示していた。しかし、その後読み返すことにより、その評価は好意的なものへと変化している。そのことは、フィッツジェラルド、編集者のマックスウェル・パーキンズ、そして、プリンストン大学出身の文芸評論家で、後にフィッツジェラルドの最初の伝記を書くことになるアーサー・マイズナーに宛てた手紙を見れば明らかである。ヘミングウェイの最初の反応はこうだった――「最初はいいが、あとが気に入らないな」。特に、フィッツジェラルドの「個人的な悲劇」に関しては、「それを小説に使うのはいいが、ごまかしてはいけない」と言っている。その悲劇とはゼルダの精神疾患のことである。このように、ヘミングウェイは『夜はやさし』がスコットとゼルダの実際の悲劇的状況と酷似している点を指摘している。

フィッツジェラルドが書けない原因はゼルダにあるとヘミングウェイは信じていた――「君には仕事における試練が必要だったのに、その仕事に嫉妬し、また競争しようとし、最後には、君をダメにしてしまうような女と結婚した」。また、ゼルダの狂気に関しては、『移動祝祭日』(一九六四)

においても強調されている。この回想記に描かれている細部の信憑性についてはある程度の疑問は残るものの、あれだけ多くのページがスコットとゼルダに割かれていることは見逃せない。それは「スコット・フィッツジェラルド」、「鷹は与えず」、「寸法の問題」と題された三つの章に渡っている。

しかし、翌年には、「思い出せば思い出すほど、ますます『夜はやさし』はいい作品だと思う」とフィッツジェラルドに書き送り、さらに四年後、再びこの作品を読んだヘミングウェイはパーキンズに宛ててこう言っている――「こんなによく書けている作品だとは思わなかった」。そして、フィッツジェラルドの死後、一九四一年に再びパーキンズに言っている――「彼が書いた最高の作品は今でも『夜はやさし』だと思う〔……〕スコットが体験した悲劇がそこに描かれています。雰囲気はすばらしいし、魔法のような描写です」。また、さらに一九五〇年にマイズナーに宛てた手紙でも、「一貫性に欠ける部分があるとはいえ、『夜はやさし』は最高の作品だ」と書き記している。

こうした事実からして、ヘミングウェイがフィッツジェラルド夫妻を、そして『夜はやさし』をかなりの程度意識していたことは間違いない。また、『エデンの園』を執筆していた期間も、そうした意識を持ち続けていたことが多くの手紙から明らかだ。しかし、ただ意識していたから自然と似たような作品を書いたといった単純なものではないはずだ。そこにはヘミングウェイの何らかの意図があったに違いない。ではその意図とは何だったのだろうか。

変化する性に対する認識

ヘミングウェイは、フィッツジェラルドが作家として再生することを心から望んでいた。しかし、彼は『夜はやさし』の改訂を実現することなく、一九四〇年に心臓発作でこの世を去ってしまった。そんなフィッツジェラルドに対して、作家ヘミングウェイはもはや直接意見を述べることはできなくなった。そこで残る手段としては、小説の形で何かを伝えることだった。ロバート・フレミングも指摘していることだが、ヘミングウェイは『夜はやさし』に対する自分の反応を『エデンの園』に描いたのだ。彼は実際にフィッツジェラルド夫妻をモデルにしただけではなく、小説上のディック、ニコル、ローズマリーの三角関係、自身の伝記的なこと、それに、それまで作家として直面してきた特別な問題に対する見解を含めて小説にしたのだ。要するに、これら二つの作品の関係を一言でいえば、『エデンの園』は『夜はやさし』に対する「小説上の反応」ということができるのだ。つまり、フィッツジェラルドの作品に対し、ヘミングウェイが小説の形で自身の見解を示したということになる。

その見解とは、『エデンの園』の原型ともいうべき短編「海の変化」(一九三一)にも見られるように、「変化する性」への認識である。つまり、この短編の中でフィルという男が言うところの「倒錯」の意味を明らかにすることである。この物語は酒場での男と女の対話で進められ、女性のほうが同性愛の恋人ができたと告げて立ち去るという筋書きのものだが、原題の“Sea Change”とは、「大きな変化」の意味でもある。つまり、ヘミングウェイが描こうとした世界の背景には、それまでの性に関する既成概念の崩壊という現象があるのだ。

『エデンの園』では、デイヴィッドとキャサリンのあいだにマリータという女性が介入してくるが、彼女はレズビアンやバイセクシュアルなど、それまでの道徳の範囲を逸脱するような行為を平気でやってのける。そして、この「境界の逸脱」という概念を決して「倒錯」だとは捉えていない。彼女にとっては、「海の変化」のなかで男のもとを去っていく女と同様、それは人間の「ありとあらゆる願望」のひとつにすぎないのだ。こうしたマリータの姿勢にも見られるように、この時代、すでに「ジェンダーの二項対立」の概念が崩壊しはじめていたのである。それは、キャサリンの女性から男性への変身願望が強くなっていくのに対し、デイヴィッドは逆に女性性を帯びていくことに表わされている。こうして双方のあいだのはっきりとした区別は消え、まるで双子のような関係になっていくのだ。

ヘミングウェイが『エデンの園』という小説の形で『夜はやさし』への反応を示そうとしたのであれば、また、「変化する性」に関する見解を述べることが彼の意図だったとすれば、フィッツジェラルドの作品にもこうした性における大きな変化が描かれているはずだ。それは先に言及したサン・ラザール駅での発砲事件の場面に最も顕著に見られる。この場面こそが、フィッツジェラルドの描いた逆転現象ということになるのだ。

髪型が意味するもの

ディックたちをはじめ、その場に居合わせた人々はすぐにその事件に気づくが、やがてその犯人が女性であることがわかる。そして、撃たれたイギリス人の男は身分証明書を撃ち抜かれていたために、警察は身元の判明に手こずることになる——「『マリア・ウォリスがやったんだ』ディックが口早に状況を説明した。『撃たれた男はイギリス人——身元を確かめるのにひどく苦労してたよ、身分証を見事に撃ち抜いていたらしい』」

男の身分証明書を撃ち抜いたこのマリア・ウォリスという女性の「ヘルメットみたいな髪型」は注目に値する。この表現だけでその髪型を鮮明にイメージすることはできないかもしれないが、それは少なくとも風になびくような長い髪ではないし、当時の感覚では決して女性的な髪型とは言えない。『エデンの園』のキャサリンのショート・ヘアーに近いものを連想させる。そしてまた、それは闘う「兵士」をも連想させる。事件を目撃した二人のポーターがそのことを証言している——「男のシャツ、見たか？《テュ・ア・ヴュ・サ・シュミーズ》 血まみれだったよ、まったく戦場かと思うぜ《アセ・ド・サン・プール・ス・クロワール・ア・ラ・ゲール》」と。とても小さな玩具のような銃ではあったが、効力はすごいものであったというのも、どこかこの時代と闘おうとする女性と重なり合うところがある。その存在はまだ小さなものではあるが、大きな力を秘めているのである。

髪型といえば、マーク・スピルカは、『エデンの園』を「主にヘアカットに関する小説」と表現し、『夜はやさし』の結末に向けて展開される床屋のシーンと、その直前の再婚したメアリー・ノースとその友人のレディー・キャロラインによるレズビアン的悪ふざけに関する章との連続性にヘミングウェイは影響を受けたとしている。ディックとニコルが二人一緒に出かけていくことを習慣としていた床屋で髪を切っているところに、トミー・バーバンがやってくる。ここでトミーは、ニコルは君を愛してはいないとディックに迫る。しかし、ディックはまだ髭を剃りかけだからといって、動揺する様子もなく床屋に戻っていく。まるでその場所に特別なこだわりがあるかのような印象を与えるディックだが、ディックとデイヴィッドのあいだの決定的な違いは、キャサリンの要求、すなわち新しい時代の波に、渋々ではあるが合わせているデイヴィッドに対して、ディックはそうした変化には順応しようとはしないところである。

二人仲良く床屋に行くことはしても、ディックとニコルは別々のブースに入っている。ただ、それら二つのブースのあいだには、「通路」(“passage”)があり、鏡を通してその通路を見ているニコルは、「男の側」と「女の側」を自由に行き来できることを知っている。つまり、髪を切ることで、男と女の側を行ったり来たりできることをほのめかしているかのようだ。それは、言うまでもなく、キャサリンの断髪につながるものである。しかし、その通路の存在を目にしているのはニコルだけであり、ディックは気づいていないようだ。ニコルにとって、新しい状態への「移行」(“passage”)、つまり、トミーのもとに行くことがここで暗示されているのに対し、ディックは常に剃りかけの髭を剃るという以前の状態に戻ることにしか意識はない。

時代の変化に目を背ける

ディックにとっては、自分が創り出した世界であるビーチこそが中心的存在であり、その非現実的なパラソルのもとだけが彼の現実であり、また一種の「楽園」でもあった。第一巻の二〇章から二二章にかけて繰り返し使われる表現――「カーテンをおろしてもいいかい？」は、目の前で起こりつつある時代の変化に目を背けようとする行為であると解釈できる。あえてそれを見たくないというディックの姿勢の現れなのだ。このことは、小説家であるデイヴィッドが非現実である物語の中に現実を見いだそうとしていることと重なる。彼が書いているのはアフリカを舞台にした父と息子の物語だ。こうした「夏にホテルがオープンするようになってまだ二シーズン目」のディックのビーチや髭剃りのことを意識するとき、『エデンの園』における次の一節にフィッツジェラルドの影響を読み取る読者は少なくないだろう。

一体何が起きているのか、女将《マダム》さんが知ったら何と言うかなと思う。大戦後いろんなことが変わりました、旦那様も奥様も格好良く生きる感覚をお持ちだから、時勢に遅れず変わろうとしておいでなのね、とでも言うだろうか。［……］ロシア人が姿を消し、イギリス人は懐具合が怪しくなり、ドイツ人は没落した、今や既成の掟を無視するこの手の動きが始まっており、ひょっとするとこれこそ地中海沿岸全体の救済になるかも知れぬ。我々は夏のシーズン開拓という、よそではまだ狂気の沙汰視されている事業の開拓者だ。彼は片側だけ髭を剃った顔を鏡に映して見た。とはいうものの、と自分に言い聞かす、半分だけ髭を剃るなどという流行の開拓者になる必要もあるまい。ふと、ほとんど銀に近い白に染めた髪に気づき、嫌悪のこもった批判の目でしげしげと見入るのだった。(傍点筆者)

ここでの、「片方だけ髭を剃った顔」や「夏のシーズンの開拓者」という描写は明らかに『夜はやさし』を連想させる。しかし、最後にこの二人の男性は大きな違いを見せることになる。それは、デイヴィッドの場合、アフリカの物語へのこだわりは持ちつつも、時代の変化の波にとりあえず乗っていこうという姿勢を見せているからだ。その証拠がマリータの存在である。キャサリンは去った。しかしマリータは残る。彼女の出現は、それまで安定していたデイヴィッドとキャサリンの関係をますます複雑なものにする。それは楽園に押し寄せる新しい時代の波を象徴しているかのようだ。魅力はあるが、事がそれまで通りには運ばなくなる原因となっている。しかし、この「倒錯」した世界の象徴である彼女を受け入れることで、デイヴィッドはかろうじて現実とつながっているという見方も可能だ。デイヴィッドは言う――「確かなものなど何もない」と。

一方、ディックの場合はどうだろう。ニコルはトミー・バーバンのもとに行き、ローズマリーも結局はいなくなってしまう。最後は自分のことを愛していたというエイブ・ノースの妻メアリーにも別れを告げ、彼は一人ぼっちになってしまう。「安全で美しい世界」を求めて、永遠にさまよい続けるかのようである――「繰り返し繰り返し、ぐるぐると。永久に回り続けるのだ」。決して前には進めない。どこにも到達しない。

こうしたディックとは対照的に、作家としての仕事を決して捨てないデイヴィッドの姿勢を見るとき、それは、作家はどんな状況にあっても書き続けなければならないというヘミングウェイのフィッツジェラルドに対する強いメッセージのようにも思われる。それはパーキンズ宛の手紙の中の次の一節を思い起こさせる――「彼が書き続けていたならどんなによかったかと思います。もう本当に書けなくなってしまったのでしょうか？　それともまだ望みはあるのでしょうか？」

『エデンの園』では、デイヴィッドが自分と妻の二人の物語を書いているうちはいいのだが、彼がそれを父と息子を扱ったアフリカの物語に切り替えると、キャサリンは取り残された気持ちになり、嫉妬しはじめる。これはゼルダのスコットに対する嫉妬と重なるが、キャサリンはその原稿を燃やしてしまう。そんな彼女の狂気は性の役割転換にも見られる。

長い時が過ぎ、二人は固く抱き合って横になっていた。「あなた、このままの私が好き？　ほんとうに？」

「ああ、ほんとうだとも」

「私、変わるんだから」

「だめだ。変わっちゃいけない」

「変わるのよ。あなたのために。もちろん、私のためにも。自分のためじゃないなんてふりはしない。だけど、きっとあなたも影響されるわ。でも言わずにおきましょう」

「びっくりさせられるのは好きだが、僕はすべて今のままがいい」

「じゃあ、止めといたほうがいいかしら。でも悲しいな。とてもすてきでとても危険な事なのに。あなたをびっくりさせようと、何日も何日も考えて、今朝やっと決心がついたの」

「君がどうしてもというのなら」

「そうよ」と彼女は言い、「だからやっぱりやってみることにするわ。あなた、今まで私たちのしてきたこと、全部お気に召したわよね?」

「ああ」

「ならいいわ」


このように、現状に満足しているデイヴィッドに対し、変貌することを強く望むキャサリンは、ゼルダと同様、「創造欲」のはけ口を求めているのである。

ゼルダの悲劇

書くことを許されないキャサリンは、その代わりとして、まず性的な変身願望を抱く。それは性的行為における役割転換や、髪の毛や肌の色を変えるという行為のことである。また、サン・ラザール駅事件のマリア・ウォリスも、このキャサリンやゼルダと同列に並ぶ種類の女性であるかのような雰囲気を持っている。それは、「マリアはディアギレフのバレエ団に加わるべきだな」、「舞台設定にセンスを感じるね――リズム感は言うまでもなく」というディックのせりふから推測できる。ディアギレフというこの時代に名を馳せたロシアバレエ団の主宰者を持ち出していることからも分かるように、彼女は、ゼルダ、そしてキャサリンと同様に、芸術的才能を持っていたようである。三人はいずれも狂気へと向かう。

この時代、女が境界を越えて何かを創り出すには、その代償として狂気が待っていた。男と競おうとすることは、つまり境界を逸脱することであった。女が、ゼルダのように、あるいはキャサリンのように、何かを生み出そうとすると、狂気の初期症状が表面化してしまう。また、場合によっては、それが自殺へと向かうこともある。ゼルダの悲劇は、ひとつには時代的に早く生まれすぎたことであった。変化の兆しは確実に存在したものの、時代はまだ創造的な女性を受け入れる体制を整えてはいなかった。こうした女性の境界逸脱の背景には、「父親的権威」の伝統が存在する。

『エデンの園』では、妻は夫のために「いい子」になるといった約束をする。つまり、二人の楽園における「父親と娘」の関係が見られるのだ。しかし、やがてそうした関係に満足できないキャサリンは、デイヴィッドと同じになることを志向し、最後は彼のもとを去っていく。『夜はやさし』においても、ニコルが患者としてディックの言うとおりにしているうちは彼も自分の世界を守ることができるが、その彼女が彼に自分の意見を言うようになるとその世界は崩壊しはじめる。つまり、それは「家父長制的伝統の消滅」ということにつながる。実際、ニコルはすべてディックにコントロールされていた——「そのほとんどおずおずとした様子はまるで、飼い主の言いつけどおりに、いやそれ以上にきちんと務めを果たしたレトリバー犬のようだった」

一九二〇年代のフレンチ・リヴィエラは、モダニズムの中心的舞台となった場所である。狂気の女を描くという時、モダニストのテクストにおいて、それが特に女性と結びついた時、狂気の意味するものは何かという問題は非常に興味深い。ゼルダの長編、『ワルツは私と』(一九三二)もこのリヴィエラが舞台となっており、創造的な男とその狂った妻のストーリーという点で一致する。そして、ここに登場する男の名前も『エデンの園』と同じデイヴィッドであるが、これは単なる偶然ではないだろう。ゼルダは小説を書くことで自分を主張し、なんとかバランスを取ろうとした。しかし、それだけではまだまだ足りなかったのかもしれない。彼女は結局心の病から抜け出せないまま、悲劇の死を遂げるのであった。女としての自立という点ではニコルと重なるところはあるが、ニコルは最後はゼルダのように狂気に走ることはない。

村上春樹は「ゼルダ・フィッツジェラルドの短い伝記」の中で、『ワルツは私と』を「一読する価値のある作品」と評している。プロの作家と呼ぶにはまだそのバランスの悪さが目立つとしながらも、「その価値は発表後半世紀を経た今でもいささかも減じてはいない」と賛辞を送っている。それは、彼女にも作家としての才能の片鱗がうかがえるということになるのだろうが、問題は彼女がその才能を生かしきれたかどうかという点にある。

ゼルダは、作家としてだけではなく、絵画やダンスの分野においてもその才能を発揮していた。ただそれらすべては開花しきらないままに終わっている。すべてつぼみのまま枯れてしまったのだ。彼女にはその内に秘めたマグマのようなエネルギーがあった。だがそのバイタリティーにうまく出口を見いだしてやることができなかったのだ。それが彼女を狂気に追いやったひとつの原因であったと考えられる。こうした問題は医学的見地から説明されることであって、単なる推測からその原因を導き出すものではないのかもしれないが、少なくともこの時代、ゼルダのような創作意欲に満ちた女性がそれを世に発表することが難しかったことを考えると、そのフラストレーションがなんらかの形で彼女の精神状態に影響を及ぼしたと考えることもできるだろう。それほど彼女には表現したい何か強いものがあったのだ。

そんなゼルダのことを思うとき、カミーユ・クローデル（一八六四―一九四三）の存在が浮かび上がってくる。彼女は彫刻家ロダンの愛人として知られた人物だが、彼女自身もロダンを超えるといってもいいような才能にあふれた彫刻家だった。しかしロダンの影でなかなか彼女の真の才能は認められなかった。ゼルダとカミーユの双方に共通して言えることは、当時の女性たちはいかに才気にあふれていようとも、まだその力を思う存分に発揮できるだけの社会的状況が整っていなかったということだ。そうした抑圧の中で彼女たちは苦しむこととなったのだ。やはり男性中心の社会において、女性たちはその傘の影に隠れて生きることを余儀なくされたのだった。それはニコルの置かれた状況に当てはまるだけではなく、サン・ラザール駅で男を撃ったマリアや、限りなく男のようになろうとする『エデンの園』のキャサリンについても言えることである。彼女らの内なる思いが形を変えて噴出しているようである。

ただ、ニコルの場合は少々事情が違っている。彼女は近親相姦という形で女性のあり方を否定されたわけだが、ディックという男性の力を借りて立ち直っていったのである。それはもちろんディックの力だけではなく、彼女自身の努力もあったに違いないが、最後に彼女は目覚め、再生を果たすのである。それはゼルダのような悲劇的な終わり方とは正反対だ。自伝的要素が強い『夜はやさし』とはいえ、フィッツジェラルドは男性中心社会から女性が台頭する時代へと変貌していく世の中を作家として冷静に見つめていたことになる。

一つの時代の終わり

ディックが父親の墓場で「さよなら、父さん——さよなら、ぼくのすべての父たち」とつぶやく時、それは「失われてゆく男中心社会への別れの言葉」であるかのように響く。それはまた「一つの時代の終わり」をうかがわせる。女の側に操られる身になってしまうディックがまさにそのことを象徴しているが、何といっても、サン・ラザール駅の事件はその中核をなすものである。女の「兵士」であるマリア・ウォリスが相手の男の身分証を撃ち抜くことは、男社会に対して闘いを挑む女性と解釈することができる。それまで男の陰に隠れて存在感の薄かった女性が、今度は男の存在感をなくしてしまおうとしているかのようだ。

さらにもうひとつ、この場面において注目に値するのが先にも触れたニコルの変化である。それまで、夫であり医者であるディックに一切反抗することのなかった彼女が、発砲事件の時はじめて反論するのである。事件の収拾に関わろうとするディックに対し、マリアの姉にまず電話すべきだとニコルは主張する。その意味においても、このパリでの事件は大きな転機となっているが、いずれにせよ、この発砲事件がこの小説のひとつの分岐点として描かれていることは確かだ。さりげないひとつの事件のようでいて、その弾丸は全員の生活に撃ち込まれたものであり、銃声はパリの舗道にまで響き渡ったのだ。これを境に一つの時代が終わり、新たな時代へと移行していくのである。

ディックはこの時、「先ほど初めて気づいた感情」に激しく揺さぶられているが、その現場に居合わせた人々もまた似たような感情を抱いたに違いない。それは、ヘミングウェイも同様に感じ取っていた変化の兆しであった。フィッツジェラルドはこの変化を「まるで自分たちの身にも、海のもたらす変貌《シー・チェンジ》が、新種の人々の基本分子を形作る原子の組み換えが、すでに起こりつつあるかのような、そんな気分」と表現している。それはまさに「大きな変化《シー・チェンジ》」であったのだ。この銃撃事件によって、ディックは自分がいま「人生の分岐点に立っている」ことを知ったのだった。

双方の作品の主人公は、それぞれの作家の伝記的産物ではあるが、彼らの時代の歴史的運命をも表している。二人の作家がともに体験したパリの街が与えたものがそこにはある。この時代、男女の役割の転換がすでに始まろうとしていた。こうした現象は、世界のあちこちで起こりはじめてはいたが、パリにおいて最も顕著に見られたことは確かである。なぜなら、ピューリタン的な伝統の強いアメリカとは違い、パリはそうした変化を隠そうとはしなかったからである。左岸に多くの芸術家たちが集うサロンを六〇年にわたり開いていた作家のナタリー・バーニー、それに五〇年にわたり『ニューヨーカー』に「パリ便り」を寄せたジャネット・フラナー、そしてガートルード・スタインら、レズビアニズムと関わるアメリカ人女性がパリに活躍の場を見いだしたこともそのことを証明している。

第一次大戦後の世界は、権力の中心が父親からその妻や娘へと移行していった時代である。『夜はやさし』のなかの「母国の繁栄に乗っかって呑気に練り歩いている類」の女という表現からもわかるように、第一次大戦はこうした変化をもたらした。ディックが軟弱で男らしくない部分を持っているのとは逆に、ニコル、ベイビー・ウォーレン、スピアーズ夫人、メアリー・ノースなどには男性化の現象が見られる。それはまた、デイヴィッドの女性性とキャサリンの男性性にも重なることは言うまでもない。

ヘミングウェイのゼルダ評価

ヘミングウェイは、自身の記憶とフィッツジェラルドの作品をつなぎ合わせながら『エデンの園』を書いたと思われる。したがって、『夜はやさし』との共通点は多く見られるものの、全く同じ展開というわけではない。たとえば、フィッツジェラルドの場合、ディックの職業を作家ではなく精神科医に変え、自身とゼルダとの関係を直接描くことをしていないのに対し、ヘミングウェイはデイヴィッドを作家として描いている。この設定はまさにスコットとゼルダである。主人公の男性が作家であるという設定はヘミングウェイ自身にも当てはまることであり、プロットは彼の最初の妻ハドリーや二番目の妻ポーリーンとの関係にも似ているが、それ以上にスコットとゼルダに似ているのも事実だ。ヘミングウェイはフィッツジェラルドに手紙で忠告したように、「ごまかすことをせずに」ありのままを小説にしたのだ。

つまり、ヘミングウェイはフィッツジェラルドに対して、「同じ素材を使っても、自分ならこう書く」、しかし「時代の変化に関しては私も同意見だ」という作家としての反応を示しているのではないだろうか。ゼルダのことにしても、単に彼女が嫌いだったというだけでモデルにしたのではない。そこには明確な別の意図があったのだ。つまり、彼女にモダニズムの時代の女性と狂気の問題を重ね合わせていたのだ。

さらに、自作に伝記的要素をあまり取り入れることのなかったヘミングウェイが、この作品をその例外としているということは、フィッツジェラルドの抱えていた「悲劇」の問題を実は自分も抱えていたことを告白しているようなものではないだろうか。フレミングによれば、自分の欠点を素直に認めることのできなかったヘミングウェイは、最も近いライバルであったフィッツジェラルドにそれを押しつけようとしたようだ。実際のところ、彼はフィッツジェラルドと自分との広い意味での共通点も認めていたのであろう。だからこそ、『夜はやさし』にじわじわと惹かれていったのだ。

今日のポストモダンの状況を、現実と非現実の境界が希薄な時代というように定義するとすれば、その芽はすでにモダニズムの時代に見られたことになる。現代における「境界線の喪失」ほどはっきりとしたものではなかったにしろ、徐々にそれは進行しはじめていた。その変化をフィッツジェラルドとヘミングウェイは敏感に感じとっていたのだ。それはゆっくりとしたうねりではあったかもしれないが、二人にとっては、一種危機的な大きな変化の兆しであったのだ。ヘミングウェイは、『夜はやさし』に自分と同じ時代のリズムのようなものを感じとったからこそ絶賛したのではないだろうか。そうして、そのことが『エデンの園』の誕生へとつながっていったのではないだろうか。

『エデンの園』に関しては、編集時にカットされた全体の三分の二に及ぶ厖大な量のマニュスクリプトをすべて読まない限り、『夜はやさし』との詳しい関係は特定できないのかもしれないが、少なくとも、出版された形を見る限りにおいて、ヘミングウェイがフィッツジェラルドを意識し、そこから素材を得たこと、あるいはインスピレーションとなったことは間違いない。

第三章　『夜はやさし』と村上春樹の『ノルウェイの森』

村上春樹と『夜はやさし』

『夜はやさし』の読後感は哀しい。限りなく悲劇的な小説だ。それにしてもなぜこれほど哀しく、そして切なくなるのだろうか。主人公のディック・ダイヴァーのことを思うと、なぜか胸が締めつけられる。彼は今どこをさまよっているのだろう。ニューヨーク州北部のとある小さな町の酒場で、昼間からカウンターに背中を丸めて座っている彼の姿が目に浮かぶ。ジンのショットグラスを片手に虚ろな目をしている中年男がそこにいる。そんな絵が脳裏に焼きついて離れない。

もちろん原作にそんな場面は描かれていない。しかし、ある意味で唐突に終わるこの長編は読者を戸惑わせる。なぜディックはこれほど急激に落ちぶれていったのか。それはあまりにも残酷じゃないか。そんな思いを断ち切れない読者は、今の彼の姿をどうしても想像してしまうのだ。作者のフィッツジェラルドは無残にも我々を一気に見捨ててしまう。行き場のない思いのまま放置されてしまうのだ。しかし、ほんとうに行き場を見失っているのはディック本人だ。

ディックの人生はどこでどう狂ってしまったのか。「ラッキー・ディック」と呼ばれ、あれほど前途有望な精神科医として将来を約束されていたはずなのに、なぜ今こんなに落ちぶれた姿をさらさなければならないのか。いや、それはこちらの勝手な想像にすぎないのだが、少なくとも彼は変わってしまった。行くあてもなくただ さまよっているに等しいことは事実だ。いや、それも一概には言い切れないのかもしれない。彼は彼なりに新たな道を模索し、立ち直ろうとしているのかもしれない。ごくごく普通の幸せを見いだしつつあるのかもしれない。それなら少しは救われる。しかし、フィッツジェラルドがあまりにもあっけなく物語に幕を下ろしてしまったために、そこには絶望し、疲れ果てた男の姿しか想像できない。おかげで我々は回転木馬のようにこの物語のまわりをぐるぐると回り続けることになるのだ。薄暗いバーのカウンターに座る後ろ姿のディックのイメージは消えることはない。

それは作者の狙いどおりだ。なぜなら物語は読者の胸の奥深くに刻み込まれるからだ。フィッツジェラルドはジョン・ピール・ビショップへの手紙の中で、ジョセフ・コンラッドの『ナーシサス号の黒人』(一八九七)に付された序文のことに言及してこう言っている。

やはり小説作品において重要なことは、根本的な反応が深いところで長続きすることだと僕は信じている。だから、もしこの小説の結末が効果を発揮していないとしても、その効果がずっと後になって、作者の名前も忘れた頃になってから戻ってくると思えば、そのほうがよほど満足できるんだ。

その意味ではフィッツジェラルドの狙いは的中していることになる。それは、先にも引用したが、ヘミングウェイがフィッツジェラルド本人に宛てた手紙からもわかることだ。この作品はヘミングウェイに対しても絶大な効果を発揮しているのだ。彼はまたパーキンズへの手紙にもこう書いている。

キューバでスコットの『夜はやさし』を見つけて読み返してみました。その大部分がどれほど素晴らしいかには驚くしかありません。もし全体をもっとうまくまとめていたら傑作になっていたと思います(現状でもそうですが)。ほとんどの部分は彼が書いたどんなものよりもよく書けています。[……]彼に手紙を書くことがあったら、是非よろしく伝えて下さい。[……]あの小説を読んでいると、ほとんどがあまりに素晴らしすぎて恐ろしくなりました。

フィッツジェラルドの狙いは、ヘミングウェイだけでなく、時空を超えてわが国の村上春樹にも大きな衝撃を与えている。村上は『夜はやさし』についてこんなことを言っている。

既に絶版になっていた荒地出版社の翻訳本を古本屋で見つけて買い求め、たいした期待もなしに読み始めた。読み終えた時もそれほどの感動があったわけではない。たしかに美しく哀しい小説ではあるけれど、長篇としての構成が散漫にすぎるし、だいいち長すぎる。僕は読み終えた『夜はやさし』を本棚にしまいこみ、現実の渦の中に戻っていった。

これは村上が二一歳で結婚生活に入ったときのことだった。「生活の重み」というものをはじめて実感していた頃のことだという。

何ヵ月かが過ぎた。そして突然何かがやってきた。説明することなんてできない。僕は本棚からもう一度『夜はやさし』を引っぱり出して貪るように読み始めた。今度は感動がやってきた。それはこれまでの読書体験では味わったこともないような感動だった。数ヵ月前には冗長だと感じた文章の底には熱い感情が暗流となって渦を巻き、堅い岩盤の隙間から耐えかねたようにほとばしり出たその情念は細やかな霧となり、美しい露となって一ページ一ページを鮮やかに彩っていた。

数ヶ月の時を経て、この小説は村上の胸の奥深くからなんらかのきっかけでよみがえったのだ。彼もヘミングウェイと同様の体験をしたのだった。感動があとからじわじわとやってくる。『夜はやさし』とはそういう小説なのだ。読めば読むほど後になって深く胸の奥に食いこんでくる物語という点において、多くの読者は同じ体験を共有することになるのだ。

『夜はやさし』に心を動かされたヘミングウェイは『エデンの園』という作品にフィッツジェラルドへのメッセージを込めたわけだが、村上の場合はどうだったのだろうか。実は彼もまた、ヘミングウェイのように、作家としてその作品にひとつの明確な反応を示している。それは『ノルウェイの森』（一九八七）というあの大ベストセラー小説だ。

『夜はやさし』の献辞には「ジェラルドとサラに――祝祭の日々を記念して」（"To Gerald and Sara/ Many Fête"）と記されている。この"fête"は「祭り、祝宴」を意味する語だが、村上春樹はこれを「多くの祭りのために」と訳し、『ノルウェイの森』の献辞に使用した。村上氏へのインタビューでこのことについて質問した際、彼はこう答えた――「雰囲気が『ノルウェイの森』にぴったりだと思ったから」。確かにこの作品は『夜はやさし』に多くの点で似ている。村上はこの作品の執筆にあたり、『夜はやさし』から多くのインスピレーションを得ていることは間違いないだろう。

村上の喪失感と『夜はやさし』

『夜はやさし』には第一次世界大戦後、急速な繁栄の中、価値観の変化とともに大きく変わっていく世の中の流れにうまく乗っていけない主人公ディックの姿があるのに対し、『ノルウェイの森』では高度経済成長期を経て、七〇年代の高度資本主義社会に突入する直前の日本において、失われた過去と急速に変化していく現在、そして未来との狭間で自身の身の置き場を見つけられない若者が主人公となっている。ともに時代の波にうまく乗れない人々を象徴しているのだ。言い換えれば、二人は社会に置き去りにされていく純粋な主人公たちだ。社会はこうした人々を見捨てても未来の繁栄に向かってひた走るべきなのか。それとも彼らの居場所を確保してやるべきなのか。そんな問題を突きつける作品でもある。

このように、これら二作品には時空を超えてつながるテーマが描かれている。時代に取り残されていくディック・ダイヴァーとワタナベ・トオルの置かれた状況は酷似している。純粋で傷つきやすいことがまるで罪悪であるかのように扱われる時代。その中で生き延びるとはどういうことなのか。村上の最大のテーマのひとつがここにある。拙著『村上春樹を、心で聴く』の中でも取り上げたが、村上は『職業としての小説家』所収の「学校について」というエッセイの中で、日本の現代社会には「逃げ場」が足りないことを指摘しており、そういう場所を作っていくことが必要だと説いている。それは「個人とシステムとがお互いに自由に動き、穏やかにネゴシエートしながら、それぞれにとって最も有効な接面を見出していくことのできる場所」だという。「一人ひとりがそこで自由に手足を伸ばし、ゆっくり呼吸できるスペース」、つまり、「『個』と『共同体』との緩やかな中間地域に属する場所」のことであり、それを村上は「個の回復スペース」と呼ぶ。

このエッセイは日本の教育システムの問題点に関して論じたものであるが、これこそが村上世界の神髄とも言える考え方であり、他の多くのケースにも当てはまるものである。この「逃げ場」または「個の回復スペース」は、直子やワタナベにも必要な場所であったし、ニコルにも欠かせない場所であったが、ニコルの場合は「バスルーム」がそれに相当するスペースだったのではないだろうか。彼女は自身の精神が行き詰まったとき、必ずこのバスルームに逃げ場を見いだしている。そこは誰にも踏みこんでほしくない彼女の「回復スペース」なのだ。

ニコルがバスタブのわきに膝をつき、繰り返し体を左右にゆすっていた。「やっぱりあなたね！」と叫んでいる。「――わたしが一人きりになれるただ一つの場所にずかずか踏みこんでくるなんて――」「[……]」

「落ち着きなさい！」「[……]」

「あなたが愛してくれるなんて期待してなかった――遅すぎたのよ――でもバスルームにだけは入ってこないで。「[……]」

村上が最初に『夜はやさし』を読んだのは二一歳の時だった。それは大学生が大学の改革を訴えて社会体制に抵抗した激動の六〇年代を経験した後のことだった。彼は「六八年から七〇年にかけての、あのごたごたとした三年間」を振り返り、「一九歳から二十一歳までのあの時代は、僕にとって混乱と思い違いとわくわくするようなトラブルに充ちた三年間だった」と語っている。

その後、ある種の「空虚感」が村上とその世代を襲った。彼にとっての六〇年代はとても明るい日々であり、何が起きても不思議のない時代だった。彼の世代はその意味でもいい時代を生きることができたわけだ。そのせいで、この時代が過ぎ去ったあとは、まるで祭りの後のような寂しさを感じたのだった。映画『再会の時』（一九八四）に見られるような「冷え込み」を経験したのだ。

まるで凍りついてしまったかのように何もできない状態が続いたのだ。村上は当時感じた空虚感をこう筆者に説明してくれた。

この映画の原題は“The Big Chill”で、まさにそのような状態を描いたものだ。学生時代、共に闘った仲間は、その一人の自殺をきっかけに、十数年ぶりの再会を果たすが、今はみなそれぞれの道を歩んでおり、かつての連帯感は消えていることを知る。まさに「祭り」はすでに遠い昔の思い出に過ぎないのだ。

六〇年代当時の日本の大学生は社会の状況はますますよくなるはずだと信じていた。しかし理想が崩壊した後、彼らの中に残されたのは敗北感だけだった。それが彼らのもたらした途方もない犠牲と物理的破壊に対して支払わなければならない代償だったのだ。それは厳しい現実だった。それでも彼らはそれを乗り越えるしか他にすべはなかった。こうした時代の日本が『ノルウェイの森』の背景となっている。

村上はこのような喪失感を抱えている中、はじめて『夜はやさし』に巡り会ったのである。そして、しばらく時間はかかったものの、彼の心の奥深くに刻まれる作品となったのだった。こうした歴史的背景を考えると、『ノルウェイの森』の執筆時に『夜はやさし』を強く意識し、かなりの影響を受けていた可能性は大きい。つまり、村上は自作に『夜はやさし』への共感を描き込もうとしたということだ。それではその共感とはどのようなものだったのか。またどのようにして伝えようとしたのだろうか。

『ノルウェイの森』の螢

ここでこの疑問への答えの手がかりとして、双方の作品に共通して描かれている印象的な場面を比較検討してみたい。それは「ホタル」（以下、『ノルウェイの森』の場合を「螢」、『夜はやさし』の場合を「蛍」と表記する）が描かれている場面であり、それはそれぞれの作品の喪失感を表す役割を演じているだけでなく、実際のところ、作品全体を覆っているのである。このホタルが醸し出すイメージにはかなり共通したものがあるが、それぞれの作品に描き出された喪失感の本質とは何だろうか。また村上は具体的に『夜はやさし』のどの部分に共感を得たのだろうか。

『ノルウェイの森』は、三七歳のワタナベ・トオルがボーイング７４７でハンブルグ空港に到着するところから始まる。しかし、この飛行機はどこからやって来たのかわからない。読者はその出発地を知らされないのだ。さらには、彼がハンブルグにやって来た目的もわからない。飛行機が着陸した瞬間、読者は主人公の回想の世界へと誘われる。そして、我々は一九六八年へと引き戻され、この小説が「僕」、つまりワタナベとそのガールフレンドの直子の物語だと知らされる。こうしてこのストーリーはフラッシュバック形式で語られていく。

ワタナベは東京の大学に入学後、ある日偶然電車の中で直子と再会する。彼女は、高校生の時に自殺したワタナベの親友キズキのガールフレンドだった。その後ときどきデートをするようになった二人は、一年後、彼女の誕生日の夜に結ばれることとなる。しかしその直後彼女は姿を消してしまう。しばらくしてワタナベは直子から手紙を受け取り、彼女は心を病んでいて、京都の山の中にあるサナトリウムにいることがわかる。

そんな中、ワタナベは大学のキャンパスで緑という女子学生と出会う。彼女は瑞々しく、活力に満ちあふれていた。静かで生気のない直子とはまさに正反対の女の子だった。そしてこの後、ワタナベの気持ちは二人の女性の間で揺れ動くこととなる。物語の後半、ワタナベは結局直子を病気から救うことができず、彼女は深い森の中で自ら命を絶ってしまう。長い苦悶の末にその悲しみをなんとか乗り越えたワタナベは、緑に連絡を取ろうと電話をかける。しかし、居場所を聞かれた彼は、自分が今どこにいるのかわからず、電話ボックスの中から彼女の名前を呼ぶことしかできない。こうして物語は終わる。

緑は長いあいだ電話の向うで黙っていた。まるで世界中の細かい雨が世界中の芝生に降っているようなそんな沈黙がつづいた。僕はそのあいだガラス窓にずっと額を押しつけて目を閉じていた。それからやがて緑が口を開いた。「あなた、今どこにいるの?」と彼女は静かな声で言った。

僕は今どこにいるのだ?

僕は受話器を持ったまま顔を上げ、電話ボックスのまわりをぐるりと見まわしてみた。僕は、今どこにいるのだ？　でもそこがどこなのか僕にはわからなかった。見当もつかなかった。いったいここはどこなんだ？　僕の目にうつるのはいずこへともなく歩きすぎていく無数の人々の姿だけだった。僕はどこでもない場所のまん中から緑を呼びつづけていた。

ワタナベは完全に混乱しており、今自分がどこにいるのかもわからない状態である。彼はここで明らかに失われていることがわかるが、そのことは実は小説の冒頭ですでにほのめかされている。

土曜の夜になると僕は電話のある玄関ロビーの椅子に座って、直子からの電話を待った。土曜の夜にはみんなだいたい外に遊びに出ていたから、ロビーはいつもより人も少くしんとしていた。僕はいつもそんな沈黙の空間にちらちらと浮かんでいる光の粒子を見つめながら、自分の心を見定めようと努力してみた。いったい俺は何を求めてるんだろう？　そしていったい人は俺に何を求めているんだろう？　しかし答らしい答は見つからなかった。僕はときどき空中に漂う光の粒子に向けて手を伸ばしてみたが、その指先は何にも触れなかった。

この「光の粒子」とはいったい何だろうか。ワタナベは何かを探し求めていることは確かだが、それが何なのか、そしてどこにあるのかがわからないのだ。それは目の前の現在にあるものなのか、それとも未来にあるものなのか。あるいはすでに取り返しのつかない過去のものとなってしまっているのか。村上はその答えをすぐに我々に示してくれる。七月の終わり、ワタナベは「突撃隊」と呼ばれる地理学専攻のルームメイトからインスタント・コーヒーの瓶に入った一匹の螢をもらう。彼はそれを寮の屋上に持って行く。

瓶の底で螢はかすかに光っていた。しかしその光はあまりにも弱く、その色はあまりにも淡かった。僕が最後に螢を見たのはずっと昔のことだったが、その記憶の中では螢はもっとくっきりとした鮮かな光を夏の闇の中に放っていた。僕はずっと螢というのはそういう鮮かな燃えたつような光を放つものと思いこんでいたのだ。

ワタナベは螢が死んでしまっているのではないと思い、試しに瓶を振ってみる。すると螢は少しだけ飛んで見せたが、光は淡いままだった。彼は最後に螢を見たのはいつどこでだったのかを思い出そうとする。

僕はその光景を思いだすことはできた。しかし場所と時間を思いだすことはできなかった。夜の暗い水音が聞こえた。煉瓦づくりの旧式の水門もあった。ハンドルをぐるぐると回して開け閉めする水門だ。大きな川ではない。岸辺の水草が川面をあらかた覆い隠しているような小さな流れだ。あたりは真暗で、懐中電灯を消すと自分の足もとさえ見えないくらいだった。そして水門のたまりの上を何百匹という数の螢が飛んでいた。その光はまるで燃えさかる火の粉のように水面に照り映えていた。
　僕は目を閉じてその記憶の闇の中にしばらく身を沈めた。風の音がいつもよりくっきりと聞こえた。たいして強い風でもないのに、それは不思議なくらい鮮かな軌跡を残して僕の体のまわりを吹き抜けていった。目を開けると、夏の夜の闇はほんの少し深まっていた。

　ワタナベは瓶から螢を取りだし、逃がしてやる。しかし、螢は自分が今どこにいるのかがつかめないようだ。まわりの様子をしばらく確かめるように動いていたが、やがて命尽きたかのようにその動きを止めてしまう。彼はそっと螢を見守る。

　螢が飛びたったのはずっとあとのことだった。螢は何かを思いついたようにふと羽を拡げ、その次の瞬間には手すりを越えて淡い闇の中に浮かんでいた。それはまるで失われた時間をとり戻そうとするかのように、給水塔のわきで素速く弧を描いた。そしてその光の線が風ににじむのを見届けるべく少しのあいだそこに留まってから、やがて東に向けて飛び去っていった。
　螢が消えてしまったあとでも、その光の軌跡は僕の中に長く留まっていた。目を閉じたぶ厚い闇の中を、そのささやかな淡い光は、まるで行き場を失った魂のように、いつまでもいつまでもさまよいつづけていた。

僕はそんな闇の中に何度も手をのばしてみた。指は何にも触れなかった。その小さな光はいつも僕の指のほんの少し先にあった。

このなんとも哀しげで郷愁を誘うような場面で、村上はワタナベの探し求めているものがすでに過去のものとなっていることをほのめかしている。それは記憶の中にはあっても、すでに失われたものなのだ。かつてワタナベは何百という数の螢を見たことがあるが、それはずっと昔のことなのだ。群れをなして飛ぶその時の螢は生気に満ちあふれていた。その群れはまぶしいほどの光を放っていたのだ。ワタナベは今もその光景を鮮明に覚えているが、それがどこだったのか思い出せない。確かに見たはずなのだが、今ではそれはあまりにも遠い昔のことのように思えるのだ。瓶の中の螢は、この記憶の中の螢とは対照的に、仲間のいないひとりぼっちの存在だ。それは迷子の螢であり、すでに死んでしまっているかのようだ。

迷子の螢のゆくえと高度資本主義社会

しばらくしてその螢は実はまだ生きているとわかるが、生気がまったく感じられない。飛び方さえ忘れてしまったかのような一匹の螢は、「燃えさかる火の粉のよう」な光を放っていた螢の群れとは大違いだ。それは「失われた時間を取り戻そうとするかのように」最後にやっと飛びたっていくが、まるでかつて自分がいた場所に戻ろうとしているかのようだ。つまり、この螢は失われたワタナベの存在そのものであり、彼の喪失感を象徴しているのだ。彼もまたこの螢と同様に「失われた時間」を取り戻そうとしている。この螢はワタナベそのものなのだ。

村上は最初に「螢」という短編を『中央公論』（一九八三年一月号）に掲載し、その後それを長編『ノルウェイの森』へと膨らませていった。したがって、この螢の場面が長編の原型となっていることは確かだ。『ノルウェイの森』というタイトルは、言うまでもなく、ビートルズの楽曲から取ったものである。この曲は物語の冒頭に機内のビージーエムとして流れてくる。また作中でもこの歌が歌われる場面がある。さらに、物語の最後の場面で、ワタナベが電話ボックスの中で緑の名前を呼び続けるが、このとき読者は、村上自身がインタビューでも明らかにしているように、ビートルズの二つの楽曲、「エレノア・リグビー」と「ノーウェア・マン」を思い出すはずだ。前者の冒頭の「孤独な人々の姿を見てごらん」という歌詞は、ワタナベが電話ボックスの中から見つめている「いずこへともなく歩きすぎていく無数の人々の姿」と重なる。そして、「独りぼっちのあいつ」という邦題が付けられている後者は、「どこにもいない人」、また「居場所がわからない人」のことであり、まさにワタナベその人のことを指している。このように、ビートルズの楽曲を作中のあちこちに散りばめることで、村上はこの作品を六〇年代という時代の枠にはめ込もうとしているのだ。

ワタナベは暗闇の中、螢の残していった光に手を伸ばすが、それを掴むことはできない。見えてはいるが、手が届かないのだ。なぜならそれはもはや現在にはなく、彼の記憶の中にしか存在しないものだからだ。彼はその螢のようにかつていた場所にもう一度戻りたいのだ。しかし、彼は現在に留まり、未来に向けて生きていかなければならない。こうして彼は過去と現在の間で揺れ動いている。彼が掴もうとする螢の光の軌跡は過去や死者の象徴であり、ワタナベのもとを去っていく螢は読者を直子のいる場所へと誘うのだ。彼女は現在を生きることをあきらめ、キズキを含む死者の仲間のところに行くことを選んだ。直子の死後も、ワタナベはまだ彼女の残像とともに生きている。

そんな風に彼女のイメージは満ち潮の波のように次から次へと僕に打ち寄せ、僕の体を奇妙な場所へと押し流していった。その奇妙な場所で、僕は死者とともに生きた。そこでは直子が生きていて、僕と語りあい、あるいは抱きあうこともできた。その場所では死とは生をしめくくる決定的な要因ではなかった。そこでは死とは生を構成する多くの要因のうちのひとつでしかなかった。直子は死を含んだままそこで生きつづけていた。そして彼女は僕にこう言った。「大丈夫よ、ワタナベ君、それはただの死よ。気にしないで」と。

そんな場所では僕は哀しみというものを感じなかった。死は死であり、直子は直子だったった。ほら大丈夫よ、私はここにいるでしょ？　と直子は恥かしそうに笑いながら言った。いつものちょっとした仕草が僕の心をなごませ、癒してくれた。そして僕はこう思った。これが死というものなら、死も悪くないものだな、と。そうよ、死ぬのってそんなたいしたことじゃないのよ、と直子は言った。死なんてただの死なんだもの。それに私はここにいるとすごく楽なんだもの。暗い波の音のあいまから直子はそう語った。

死者たちとともに過去にいる直子は正常な状態に戻っている。この場所はワタナベに癒しと安らぎを与えてくれる。彼はこのように過去を志向する人間なのだ――「僕の記憶のほとんどは生者にではなく死者に結びついていた」。彼は直子が今も生きている過去に惹かれる。ではその過去とはどれくらい遡るのだろうか。川本三郎によれば、それは日本が高度資本主義社会に突入する前の時代だ。

村上春樹にとって六〇年代とはビートルズとヴェトナム戦争と大学闘争の時代という以上に「高度資本主義前史」として把握されている。それは幻想でしかないのかもしれないが村上春樹はあの時代には生きていることに確かな手ごたえがあった、空虚を感じていなかった、と考える。あの時代には傷つくことも出来たし、はっきりと泣くことも出来た。［……］

新しい「高度資本主義」のシステムが都市をおおっていくうちに空虚な書き割り的空間が広がっていく。村上春樹は新しいシステムのなかを生きる空虚感、虚無感を癒すかのように一九六〇年代という過去とそれに殉じた死者を確かなものとして定置する。過去と死者は浮遊する時代の貴重な定点であり、「僕」はそれとの距離によって自分の現在の居場所を把握する。確認する。「僕」はあの時代からこんなに離れてしまった。「僕」は死者たちからこんなに離れたところにきてしまった。過去と死者を定点とすることは自分の位置を確実にもするが同時に喪失感も深める。死者はいつまでもイノセントだが生きているものは新しいシステムのなかで身を汚して生きなければならない。

『ノルウェイの森』では、直子やワタナベに遺書も残さずに自殺してしまったキズキの死が過去と現在の境界線を形成している。つまり、川本が六〇年代を「高度資本主義前史」と位置づけるとき、それはキズキの死の前の時代とぴたりと一致するのだ。この事件以来、六〇年代も終わりに近づくにつれて、社会は高度資本主義の隆盛とともに大きく変化していく。この物語が始まる一九六八年には、日本はGDPにおいて西ドイツを抜き、世界第二位の経済大国となった。そしてその後、作品の背景となっている大学闘争の時代へと突入していくのだった。直子は人々がまだ高度資本主義という新たなシステムのなかで生きなくてもよかった「六〇年代という黄金時代に殉じた人間」なのだ。

村上春樹の短編「我らの時代のフォークロア」(一九八九)のサブタイトルは「高度資本主義前史」である。この物語の序文的導入部には、まさにこの「六〇年代という黄金時代」のことが愛着を持って描かれている——「我らが時代[……]にあっては、[……]僕らはただシンプルに何かを手に取って、家に持ってかえることができたのだ。夜店でヒヨコを買うみたいに。すごく簡単でワイルドだった。そしてそれは、おそらくそういうやり方が通用した最後の時代だったのだ」。過去に強く惹かれながらも、現在を生き延びていかなければならないとわかっているワタナベは、緑にも同様に惹かれていく。直子とは逆に緑はこの「新しいシステムのなかを生きていかなければならない人間」なのだ。

もし『ノルウェイの森』に見られる喪失感が、村上が『夜はやさし』を読んだときに得た共感の本質だとしたら、彼はその作品をどう読み、どう解釈したのだろうか。もしこの喪失感が村上自身の方法で描こうとしたものなら、彼は自身の経験と『夜はやさし』の世界とをどう重ね合わせたのだろうか。

「螢」と「蛍」

『夜はやさし』では、まばゆいほどのフレンチ・リヴィエラのビーチが紹介された直後に蛍の場面が登場する。ここに描かれた蛍は、『ノルウェイの森』の螢ほど強烈な印象を放ってはいないかもしれないが、注意深く読めば作品全体の解釈に重要な含みを持っていることがわかる。そこにはこの作品の全体像が集約されているといっても過言ではないだろう。

蛍の群れが闇の中を飛んでいく。どこか遠く、崖の下のほうにある岩棚で、一匹の犬が吠えている。ふと、テーブルが、ちょうど機械仕掛けの舞台のように、少しだけ空に向かってせり上がったように思われ、まわりを囲んでいる人々は、この暗い宇宙に自分たちだけが存在し、その唯一の食物で養われ、唯一の灯りに暖められている、そんな思いにとらわれた。マキスコ夫人の口から不思議そうな、押し殺した笑いがもれる。すると突然、あたかもその音が現実世界からの離脱を画す合図であったかのように、ダイヴァー夫妻の存在が熱を帯びて輝き始め、ますます大きくなっていった。夫妻の微妙な心配りと丁重な態度のおかげで、客たちはすでに、それぞれ自らの価値を再発見し、すっかりいい気持になっていたのだが、それでもなお、遠く背後に残してきた世界に未練があるというのなら、それもきちんと埋め合わせてあげましょう、とでもいうみたいに。その一瞬、ダイヴァー夫妻はテーブルを囲むすべての人に同時に話しているように見えた。客たちみなの温かな友情の、やさしい愛情の価値を、一人一人に、全員に語りかけているように見えた。そしてその一瞬、夫妻を仰ぎ見る客たちの顔は、さながらクリスマスツリーを見上げる貧しい子供たちのようだった。と、唐突に、テーブルの一体感が消え去った――ただ飲み騒いでいた客たちが、類稀なる情緒の高みへと大胆にも持ち上げられたその一瞬は、それを胸に吸い込む不敬を犯す間もなく、それがそこにあることに気づくか気づかないかのうちに、終わっていた。

　だが、そうして気前よく振りまかれた暑く甘美な南国の魔法は、元の場所に戻っていったのだ――獣の足の裏のようにやわらかな夜、はるか下方にぼんやりと聞こえる地中海の荒涼とし

た波の音――魔法はこれらのものを残して、ダイヴァー夫妻のもとへ溶けこんでいき、再びその一部となった。（傍点筆者）

そこは現実から遠く離れ、魔法がかけられた場所なのだ。人々は長続きすることのない一体感を味わいながら、いつかは解けてしまう「南国の魔法」をしばし楽しんでいる。故郷を思いながらもそこには帰れず、かといって、今いるフランスの地に根を下ろすこともできない宙ぶらりんの状態にあるのだ。その限られた空間だけが彼らの居場所なのだ。ディック・ダイヴァーという創造主によって守られているひとつの舞台のような環境である。そこで彼らは非現実的な芝居を演じている。しかし、その芝居もいつかは幕となる。人々はそのことをどこかで恐れているかのようだ。その儚い結びつきをなんとかつなぎ止めようと必死になっているかのようだ。

このパーティーに集まっているアメリカ人たちは祖国を遠く離れ、自分たちだけでお互いを慰め合っているかのようだ。彼らはアメリカにもヨーロッパにもどこにも属していないのだ。実際彼らは二つの大陸のあいだで引き裂かれ、さまよっているだけである。この暗い夜の空間に取り残された彼らはどこにも属していない人々なのだ。それは「ノーウェア・マン」たちの集まりのようだ。そんな人々の状況を数匹の蛍が見守っている。上空を漂うこれら数匹の蛍たちは、その下に集う人々の置かれた状況を象徴している。このように、『夜はやさし』には、パリを中心にフランスに暮らすアメリカからの国籍離脱者たちの様子が描かれているわけだが、彼らが形成する小宇宙とも言える場所を象徴的に描写しているのがこの蛍の場面である。

この闇の中の蛍こそ、その下で身を寄せ合っている国籍離脱者たちそのものなのだ。儚い光を放ちながら、どこへ向かうともなく空中を漂う蛍の群れ。その数は決して多くはないだろう。フィッツジェラルドはその数を明らかにはしていないが、おそらく地上の舞台で演じている人々の数とさほど変わらないに違いない。こうして、蛍とパーティーの人々が一体化する。両者は運命共同体なのだ。

ここに描かれた蛍の数は、『ノルウェイの森』の場合のように一匹だけではない。しかし、ワタナベの記憶の中のような大群でもないことは確かだ。したがってその小さな群れが放つ光はごく淡く弱々しいものに違いない。ワタナベがもらった一匹の螢とさほど変わりはないと言えるだろう。読者はここでディックとそのグループを上空の数匹の蛍と同一視することとなる。彼らは祖国という集団からはぐれてしまった人々なのだ。

世界の中心の崩壊

ディックとニコルの二人は最初は完璧なカップルに見えるが、やがて彼らの関係は物語の結末に向けて破綻していく。そしてその破綻はこの象徴的な蛍の場面にすでに暗示されているのだ。明るいビーチの場面から始まった物語も、作品全体を覆う暗さや喪失感がすでにこの夜のパーティーの場面あたりから見え隠れし始めるのだ。この直後、この文句のつけようのないカップルに何か問題があることを我々は知らされることになる。もっともこの段階では読者はまだ具体的にその中身は知らされないものの、マキスコ夫人がバスルームでニコルのとんでもない場面を目撃するのだ。

そこは確かに「世界の中心」だった。「これほどの舞台があれば、何か忘れがたい出来事の一つも起こらないはずはない」と思われるような場所だった。しかし、やがてその魔法の舞台にも終わりがやってくる。それは遠くから聞こえてくる犬の鳴き声がその合図だったのか、ニコルが席を離れ、ディックもその後を追うことで調和の輪は解かれていく。客たちは「庭のあちこちに散らばり、テラスのほうに流れていく」。そしてその後、魔法の余韻をかき消す出来事が起こる。それは演技でも何でもない現実そのものなのだ。

ローズマリーが最初にこのビーチにやってきたときには、想像もつかないような出来事が実はすでに起こっていたのだ。

彼女は知らなかった。夫妻の無邪気さが実は複雑なもので、本物の無垢とはほど遠いということを。すべては世界という巨大な市場から量より質で選び抜かれたものであることを。そしてまた、無邪気な言動、子供部屋のごとき平穏と善意、素朴な美徳の重視といったものも、実は神々との危険な取引の一部であり、彼女には見当もつかない努力の末に得られたものだということを。外面的には、この時点のダイヴァー夫妻は、一つの階級の最も進化した形を体現しており、彼らの横に並べば、たいていの人間はぶざまに見えるほどだった——が、内実は、ローズマリーの目にはまったく映らないものの、ある質的な変化がすでに始まっていたのである。

そこではすべては不自然な形で手に入れたものばかりの生活が展開されていたのだ。その秘密がここで暴露されることとなる。ディックがローズマリーに対して、「きみみたいに、何か本当にいまにも花開きそうな感じの女の子を見たのは、ずいぶん久しぶりだな」と言う場面があるが、それは実は病的な、そしてイノセンスを奪われてしまったニコルをいつも見ているディックの素直な感想なのかもしれない。パーティーの席からニコルが姿を消すと、それに続いてディックもその場を離れていったことにローズマリーは気づく。ディックはニコルを一人にしておくことができなかったようだ。二人の後を追うようにバスルームに向かったマキスコ夫人はそこで何か想像を絶するようなことを目撃したようだ。家から出てきた彼女はみんなのいる場所へと急ぎ足でやってくる。

気が高ぶっているのがありありとわかる。夫人は無言のまま椅子を引き、腰をおろした。目は見開かれ、口のあたりがもごもごと小さく動いている。ニュースをたっぷり抱えているのは誰の目にも明らかで、当然ながら、全員の視線が集中する中、夫が「どうしたんだ、ヴァイ?」と訊ねることになった。

「あのね——」夫人は誰にともなくそう言いかけ、それから相手をローズマリーに定めた。「あのね――いや、なんでもないの。ほんと、こんなこと、一言だって言えないわ」

「遠慮はいりませんよ、みんな友だちなんだから」エイブが言った。

「じゃあ言うけど、あそこの二階であたし、たいへんなものを見ちゃったのよ――」

意味ありげに首を振り、そこで言葉を切ったが、まさしくあわやというタイミングだった。というのも、すかさずトミーが立ち上がり、丁重に、しかし鋭い口調で言ったからだ。

「この家で起こっていることについて、とやかく言うのはご遠慮いただきたい」（傍点筆者）

この出来事で物語は一気に新たな局面へと向かうことになる。我々読者はまだ何が起きたのかを知らされてはいない。まだ真相がわからないローズマリーは、ディックとニコルの二人を残してこの家を去ることができない。そして「マキスコさんの奥さん、バスルームでいったい何を見たのかしら」といぶかる。ただ、トミーはすでにこの夫婦の秘密を知っているようだ。ここでトミーという男の存在が際立ってくることは間違いないが、いずれにせよ、それが重大な事実であって、ディックの世界が崩壊していくきっかけとなるのだ。しかし、この後、我々はこの事件が起こるべくして起こったものであったことを知らされることになる。それは突然起こった事故のようなものではなく、ディックの努力によってそれまでなんとか明るみに出ないよう管理されてきたことだったのだ。現実を傘で覆うことで見えなくしていただけだったのだ。あるいはずっとカーテンを降ろしていたと言ってもいいかもしれない。

ニコルの病

その「小さなグループ」を形成している場所は、ローズマリーが最初に感じたように「自足した」場所だった――「パラソルや竹ござ、犬や子供たちがひとたびいつもの場所に並べられると、ビーチの一部が文字どおり囲いこまれてしまう」。それはエイブ・ノースが言うように、ディックとニコルの「二人が造った」ビーチだった。そして、やさしそうで魅力的に見えたディックの声には「確かな約束」の響きがあった――「すべてぼくに任せておけば大丈夫、まあ見ていてごらんさい、新しい世界への扉を次々に開いて、華やかな可能性に満ちた未来をどこまでも繰り広げて見せましょう、そんな約束だ」。そんなふうに「まったく文句のつけようがない」ディックはどこかギャツビーを彷彿とさせるが、その未来はローズマリーの予想とは大きく違ったものであることがやがて判明していく。

ディックは不自然な形で無理をしていたのだ。その分、彼の行動には常に反動がついてまわった。それがやがて元には戻れない状態へと彼を導いていったのだ。常にまわりの人々の心を捉え続けること、常にヒーロー的な存在を演じ続けることには大きな代償がともなうのだ。

ごく少数の頑なな心の持ち主や、常に疑い深い人間を除けば、ディックは誰をも魅了し、批判ぬきの愛情を抱かせる力を持っていた。が、そうした努力に伴う無駄と浪費にはたと気づいたとき、反動がやってくる。ときおり彼は、自ら主宰した愛情のカーニバルを振り返って眺め、畏怖の念に打たれることがあった。ちょうど、個人の意思を超えた血への渇望を満たすべく総攻撃を命じた将軍が、その大量殺戮の跡を呆然と見つめるように。

とはいえ、一時的にせよディック・ダイヴァーの世界に招き入れられた者は、実に得がたい経験をすることになった。［……］ディックは瞬く間にみなの心を捉えた。

この夜のパーティーでの出来事以来、第一巻の終わりに向けて、ニコルが病気であることが明らかになっていく。彼女は「病気のニコルと健康なニコル」の間で揺れ動くことになるが、それはちょうど診療所のディックの患者たちが円を描きながら歩いていることと同じ状態だ。彼らはどこにも行けないのだ。

ここにいる患者たちの顔には、たったいま何か解決不能な問題を投げ出してため息をついたばかりといった表情が浮かんでいる——が、そのため息も、やむことなくめぐり続ける新たな思考の堂々めぐりの始まりを印しているにすぎない。正常な人間の場合のように一直線に進む代わりに、同じところで円を描く思考。ぐるり、ぐるり、ぐるり。永遠に回り続ける。

医者として、そして夫として、ディックは他の患者たちと同様にニコルの面倒を見なければならない。しかし彼は自分の職務をしっかりと果たせているのだろうか。もしかしたらディック・ダイヴァー博士も患者たちやニコルと似たような状況に置かれているのではないだろうか。それは博覧会の会場で突然走り始めたニコルを追いかけるディックの姿に表れている。逃げる彼女を追いかけるディックは、気がつけば回り続ける回転木馬の同じ馬を見ているのだ。

突然、ニコルが走り出した。あまりに突然のことで、少しのあいだディックは彼女がいないことに気がつかなかった。ずっと先のほうに、黄色のドレスが人ごみの中をすりぬけていくのが見える。現実と非現実の縁を縫い合わせる黄色い縫い目のように。彼はあとを追って走り出した。

途中で子どもたちのことを思い出したディックは急いで二人のもとに駆け戻り、彼らを近くのブースの女性に預け、またニコルを探して走る。

ふたたび走り出したものの、ニコルの姿はどこにも見えない。回転木馬の周囲をそのスピードに負けじと走る。そのうち自分が回転に合わせて走っていて、ずっと同じ馬を見ていることに気づいた。

このぐるぐると回転するイメージは診療所の患者たちと同じものだ。その回転に遅れないようついて行こうとするディックも、結局はその回転の周期に巻き込まれていることになる。どんなに走っても見えるものは同じものなのだ。彼もどこにも到達できない。ただ同じところを回り続けているだけなのだ。物語の冒頭で取り巻きのグループの中でも最も理想的な男性として描かれていたディックだが、実は彼も崩壊への道を歩んでおり、再生することはない。彼はますます失われていき、最後はもう立ち直れないほどに失われてしまうのだ。

ディックとニコルは常に両極のあいだを揺れ動いている。ニコルが正気と病気の状態を行ったり来たりしているあいだ、ディックは「見つけては見失い、見つけては見失いというリズム」を繰り返している。これは回転木馬のイメージそのものだ。彼女は最終的にそうした状況から抜け出し、未来に希望を見いだせるにまで回復するが、彼の方はただぐるぐると回り続けるだけで、結局どこにも到達できずに失われてしまう。物語の最後で、ニューヨーク州の北部の小さな町を転々としているディック・ダイヴァーは、あの夜のパーティーの上空をさまようように飛んでいた蛍のようだ。

こうした回転木馬のイメージは、村上春樹の短編「回転木馬のデッド・ヒート」（一九八五）にも見られるし、またサリンジャーの『キャッチャー・イン・ザ・ライ』（一九五一）にも見ることができる。いずれの場合も、明確な到達点が見えず、同じところをさまよっている状況を描いている。そこにあるのは、「我々はどこにも行けない」という無力感だけである。

ディックの喪失感

心の傷は目には見えなくてもずっとそこに留まっているのだ。消えることはない。そんなフィッツジェラルドの喪失感の本質ともいえる一節がこれだ。

心の傷癒えたり、などと皮膚の病理に漠然となぞらえて書くことがあるが、現実の個人の人生においてはそんなことは起こりえない。心の傷口が完全にふさがることはない。ときにはピンの差し跡くらいまで縮むとしても、傷は傷である。苦しみの痕跡を譬えるなら、むしろ指を、あるいは片目の視力を失うことに譬えたほうがよい。どちらの場合も、慣れればその喪失を痛感することは一年を通じて一分もないかもしれないが、ひとたび喪失感を覚えたら手の施しようがないのだ。

ニコルを失うこと、家族を失うことも傷には違いない。しかしそれは慣れてしまえばなんとか受け入れることもできる。ただそれとは違い、どうしようもないのが漠然とした喪失感だ。これは形に表せない分、より深刻なのだ。ディックはまさにこうした状態に陥ったのだった。

ディックはなぜこのように下降線をたどることになってしまったのだろうか。それは彼の視点が常に過去を向いていたからだ。彼は第一次大戦によって、「信仰やら、長年にわたる豊かさやら、諸々の揺るぎない確信、階級間の厳格な関係」が失われてしまったと信じている。彼の「美しい、愛しい、安全な世界」、つまり古き良きアメリカは消滅してしまったのだ。そこで彼は自分が「発見した」ビーチのパラソルの下に昔の美徳のすべてをなんとか保存しようとしていたのだ。そして、その「遠い過去のアメリカ」の理想とともにニコルを守ろうとしてきたのだった。つまり、蛍の場面が形成する小宇宙はディックが再び創り出したもうひとつの安全な世界なのだ。しかしその場所にもすでに影が忍び寄っている。ディックの加護の下から抜け出したニコルは新たな世界へと飛び出していく。

父親との別れ

父親の葬儀でアメリカに帰国した際、ディックは二度とそこに戻ることはないだろうと思う。今や彼の理想は父の死とともにすべて過去のものとなってしまったのだ。

翌日、教会の墓地で、ダイヴァー、ドーシー、ハンター家の者たちが百人ほど眠っている先祖の墓所に、父親は埋葬された。そうして血の繋がった人々のあいだに父を残していくことで、ディックは温かな気持ちになれた。まだ固まりきらない褐色の土の上に花が撒かれる。この場所に自分を結びつけるものはもはや何もない。ディックはそう思った。二度とここには戻ってこないだろう、と。硬い土の上にひざまずく。ここに眠る死者たちのことはよく知っている。風雨にさらされた顔、青く鋭く光る目、暴力を秘めた痩せた体、鬱蒼と森の茂る十七世紀の暗闇で、新しい土から造られた魂。

「さよなら、父さん――さよなら、ぼくのすべての父たち」

彼が別れを告げたのは、彼の父親だけではなく、アメリカの「すべての父たち」なのだ。それはつまりはアメリカとの別れを意味していた。ここでディックの気持ちは常に過去に向いていたことが明らかになる。このさよならの言葉を発することで、彼は輝かしきアメリカの過去から切り離されてしまった。それはアメリカの栄光との別れだったのだ。ここで彼はアメリカ人としてのアイデンティティーを失ったことになる。それ以降、彼のビーチが唯一の希望の場所だったのだが、それもやがては新たにやってくる人々に占領されていくこととなる。こうしてすべての希望を奪われてしまったディックは、最後にこのビーチにも別れを告げることとなる。

「そろそろ行くよ」と彼は言った。立ち上がると同時に少しよろめいた。もはやいい気分ではなかった――血のめぐりが遅くなっている。彼は右手を上げて横線三本の教皇十字を切り、その高い岩棚からビーチを祝福した。いくつかのパラソルの下で、顔がこちらを向いた。

こうしてアメリカにもビーチにも別れを告げたディックにはもはや居場所はない。ただヨーロッパとアメリカのあいだの大西洋上を漂うしかなかった。それはまさにディックが主催するパーティーの舞台の上空に浮かんでいた蛍のイメージと重なってくる。

このディック・ダイヴァーが最後に置かれた状況はワタナベ・トオルに似ている。なぜなら彼も最後は自分の居場所がわからず、失われてしまっているからだ。過去に理想を見いだす傾向を持つ二人は、ともに喪失感に苛まれる結果となっている。この喪失感は『夜はやさし』と『ノルウェイの森』の両作品の全体を支配しているものだ。

フィッツジェラルドは、その外見から受ける印象とは裏腹に、実は一九世紀的なアメリカの理念に固執するアメリカ人の典型であった。ディックがニコルとローズマリーと一緒に食事をしているレストランで、「戦争犠牲者の母親の会《ゴールド・スター・マザーズ》」の団体に遭遇する場面がある。

ワイングラス越しに、ディックはもう一度その団体に目をやった。女たちの満ち足りた顔、全員を包みこみ、しみわたっているように思える威厳の中に、彼は古きアメリカの持つ成熟のすべてを見てとった。束の間、こうして死者を、取り返しのつかない何かを悼むためにやってきた婦人たちの落ち着きが、部屋全体を美しくした。そのわずかなあいだ、ディックは昔に戻って父親の膝に座り、モズビー大佐の南軍騎兵隊とともに馬を駆っていた。まわりでは、忠義を尽くし命を捧げる古き良き時代の戦いが繰り広げられている。やがて、ほとんど身をもぎ放すようにして、彼は目の前のテーブルの二人の女に注意を戻し、おのれの信じるその新しい世界に向き合った。

ディックはここで失われた過去を美化している。それは戦争の「死者」たちであり、取り返しのつかないものだ。彼はそれを悼む人々に共感を寄せ、しばらくのあいだ父親と過ごした昔の日々に思いを寄せている。古き良き時代のアメリカがいかに成熟していたかを確信しているのだ。しかし、こうして過去に惹かれながらも、なんとか現在に目を向けようと努力しているディックの姿がここにある。

失われた後に

フィッツジェラルドのこうした傾向は作品との取り組み方にも見られることで、ヘミングウェイのような天才的作家とは違い、彼はコツコツ積み上げていくタイプだった。彼はパーキンズへの手紙にこう書いている。

以前アーネストと話したときにも言ってやったのです。当時出回っていた印象とは裏腹に、実はぼくが亀で彼は兎なんだと。本当のことです。これまでに僕が成し遂げたことはどれも、時間をかけた粘り強い努力のおかげで、かたやアーネストには天才肌のところがあって、非凡なことを易々とやってのけるのです。ぼくにはそういう才能はありません。

この作品は、先にも言及したように、読者の胸に深く食いこんでくる何かを持っている。その正体は、結局人生とは悲劇に向かって突き進んでいくというものだ。そして、まっとうな人間だけがその悲劇の対象になるということだ。それでも人は人生を美しいと思えるのだろうか。そんな哀しさ、切なさを心に刻む小説だ。それは『ノルウェイの森』についても言えることだ。とにかくこの二つの小説の読後感は「哀しい」の一言に尽きる。それでも人は生き続けなければならないのか。

フィッツジェラルドは一九三六年二月、つまり『夜はやさし』の出版後しばらくたって、「崩壊」(一九三六)と題するエッセイを世に発表した。これは多くの人に衝撃を与えたが、その書き出しは「言うまでもなく人生とはこれすべて崩壊の過程である」というものだった。ここで彼は人生には二種類の打撃があるとし、「内側から叩きつけてくるような打撃」は外側からやってくる場合とは違い、「気がつくと何もかもがすでに手遅れであり、自分はもう二度とまともな人間にはなれないと、決定的に悟らせるような打撃である」と説明している。

これだけを見ると、人はこの段階でもう終わってしまったかに見える。しかし、先にも紹介したが、同じ年の三月に出たその続編の「貼り合わせ」にはこう書かれている。自分の状態を壊れた皿に例える彼は、それでもその皿にはまだ使い道があるというのだ。その壊れた皿は人前には出せなくとも、夜食のクラッカーをのせたり、残り物を冷蔵庫にしまうときには使えるというのだ。ここにフィッツジェラルドならではの底力が秘められており、最後まで生きることを諦めない姿勢がうかがえる。それは、たとえば短編の「ある作家の午後」（一九三六）や「遠い出口」（一九三七）などにも見られる姿勢である。そこには絶望的な状況の中にも希望は常にあるのだという信念がある。

このことはディック・ダイヴァーにも当てはまるのだろうか？　彼のなかにまだ生きる意志はしっかりと残っているのだろうか？　そんな思いをつい抱いてしまう読者は少なくないだろう。ただ残念ながら最終章からはそうした兆しを明確に読み取ることはできない。それでも我々はそれを期待しながら読後の深い瞑想世界へと引き込まれていくのだ。

ディックとワタナベ

ディックとワタナベの共通点は、それぞれのパートナーとの関係にも見られる。ニコルと直子はともに精神を病んでおり、ディックとワタナベは彼女たちを救おうとしている。ワタナベは精神科医ではないが、直子が壊れていく過程をずっと見ているという点においてはディックと同じである。電車の中で再会して以降、心の病を抱える彼女をずっと見てきている。彼女の誕生日の夜に結ばれてから最後にみずから命を絶つまで、彼はずっと直子を見守り続ける。ギャツビーが、自動車事故のあと、デイジーのことを心配して、一晩中彼女をそっと見守ったのと同様に。それは精神分裂症のニコルに恋をし、医者であると同時に夫となるディックと同じである。二人の主人公はそれぞれの相手の深刻な問題を自身の中に抱えこむのだ。

ニコルと直子を比べたとき、二人はそれぞれ違った方向に向かう。片や死を選び、もう一方は立ち直っていくという点では大きく違っていることは確かだ。しかしここで緑の存在を考慮に入れると、再び共通点が浮かび上がってくる。生気にあふれ、活発で明るい彼女は、新たな社会システムのなかで生き延びていく人物だ。「病気のニコル」に相当するのが直子だとしたら、緑は「健康なニコル」(あるいは生まれ変わったニコル)に当てはまるのではないだろうか。

つまり村上は自作においてニコルを二人の女性に分けたのだ。そうすることで、ワタナベが過去と現在のあいだで引き裂かれているという点を明確にしようとしたのだ。フィッツジェラルドと同様、村上も過去に惹かれる傾向があるが、彼には不安定な現在を生き延び、未来に向かっていかなければならないという強い使命感がある。かりにそれが彼の本意ではないにせよ、村上はそうした意図を明確に表現する必要があると信じているのだ。彼はその信念をよりはっきりとさせるために健全な人物を描き出す必要があった。それが緑である。

ディックがニコルの持つ二つの人格のあいだで揺れ動くように、ワタナベは直子と緑の二人の女性のあいだをさまよう。同様に、ディックとワタナベは過去と現在のあいだで引き裂かれる。そしてホタルの存在が二人の男性の置かれた立場を象徴している。ホタルが光を点滅させるイメージは彼らの揺れ動く姿勢に呼応する。それはまた「病気のニコルと健康なニコル」、つまり自制心を保っているニコルと失っているときのニコルに呼応し、「暗」のイメージの直子と「明」のイメージの緑に呼応する。

ニコルと直子にはもちろん相違点もあるが、ふたりの抱える問題を理解するには「資本主義」がその鍵となってくる。マイヤーズが指摘するように、フィッツジェラルドは「ニコルの父デヴロー氏の近親相姦、彼女の狂気、姉ベイビーの自慰的な自己陶酔を引き起こし、ディックの堕落をもたらした資本主義というシステムを批判している」。「病気のニコルと健康なニコル」のあいだで翻弄されるディックは、結局のところ資本主義に操られているのだ。スターンは資本主義に関して、ディックは「ニコルの増大し続ける富と権力に追いつこうと必死で走り続けるが、どこにも到達できない」という。この指摘は読者に回転木馬の場面を思い起こさせる。

村上もまた資本主義社会に対しては懐疑的な姿勢を示している。必死で生き延びようとする姿勢は示すものの、最後まで出口を見いだせないままのワタナベに対して同情的だ。世の中の流れになかなかうまくついて行けない人々を置き去りにしていくシステムに批判的なのだ。先にも紹介したように、村上は彼らにも生きる場所をきちんと提供すべきだと訴えている。

このように、『夜はやさし』と『ノルウェイの森』の類似点は、小説全体のイメージだけでなく、登場人物の性格描写にも見いだせる。そして、さらにはこうした類似点のすべてが双方に描かれたホタルの場面につながっているのだ。二つの作品に共通する哀しくも感動を呼ぶ失われた世界は、このホタルの役割によって形成されているのだ。

村上が『ノルウェイの森』執筆に際して、『夜はやさし』の蛍の場面を意識していた可能性は高いが、その真偽はともかくとして、彼がフィッツジェラルドの描く喪失感に深い共感を覚え、それを自作に反映させたことは間違いないだろう。ちなみに、筆者がこの点に関して村上氏自身に聞いてみたところ、「蛍の場面のことは覚えていない」という答えが返ってきた。それでもまだ彼の潜在意識の中にあった可能性は十分にある。

本歌取り作品としての『ノルウェイの森』

こうした喪失感はある特定の世代に特有のものなのではないかと問う読者もいるだろう。しかしそれは間違っている。ヘミングウェイが『移動祝祭日』の中で言っているように、「あらゆる世代は何かによって失われているものだ。今までずっとそうだったし、これからもずっとそうだろう」。それはモダニズムの台頭以降の顕著な現象であるとはいえ、普遍的にすべての世代はそれなりの形で失われているのだろう。しかし、村上は自身の世代が、その失われ方において、フィッツジェラルドの世代と特別な何かを共有していると捉えたようだ。

村上春樹にとっての日本の六〇年代はまさにワイルドなパーティーのような時代だった。その祝祭的な時代が過ぎ去ったあとに残ったものは激しい虚無感だけだった。こうした感覚を経験していたからこそ、村上は『夜はやさし』におけるフィッツジェラルドの喪失感を理解できたのだろう。フィッツジェラルドの世代は第一次大戦後の繁栄のさなかに虚無感を抱くこととなった。彼は娘のスコッティーへの手紙にこう書いている――「僕の世代の急進派や精神の破綻をきたした連中は勤勉さや勇敢さといった昔の美徳や礼節を重んじる姿勢に取って代わるものは何も見いだせなかった」。過去と切り離されてしまった彼の世代は、かつて存在した美徳や品位に代わるものを何も見いだせなかったために失われてしまったのだ。こうしたアメリカの二〇年代の若者が直面していた状況は、日本の「輝かしき六〇年代」が終わりを告げたあとの村上の世代と酷似している。村上は自身の六〇年代以降の時代とフィッツジェラルドの二〇年代をこのように結びつけて解釈したのだ。村上は自身が経験したものと同質の喪失感をフィッツジェラルドに見いだしたのだ。

村上にとっての「祭り《フェト》」とはまさに「六〇年代の熱い日々」のことであり、それはまた同時に、新たな社会のシステムのなかで喪失感を抱きながら生きていくことを運命づけられた人々とも解釈できる。村上は『ノルウェイの森』をこうした人々に捧げたのだ――「多くの祭り《フェト》のために」

六〇年代の終焉とともに極度の喪失感と虚無感を植えつけられた村上が『夜はやさし』と偶然出会い、自分の経験をフィッツジェラルドの経験した二〇年代と重ね合わせたことは明らかだ。こうして、村上の『夜はやさし』解釈が『ノルウェイの森』という形の小説に作り替えられたのだった。ただ、それはあくまでも村上の想像力の産物であって、多くの共通点はあるものの、彼独自の作品となっていることは確かだ。彼が後に『みみずくは黄昏に飛びたつ』の中で言っている「本歌取り」的作品なのだ。

以上、『ノルウェイの森』に描き出された村上春樹の『夜はやさし』解釈を分析してきたが、フィッツジェラルドの作品がジャズ・エイジの小説だとすると、村上の場合は日本の七〇年代から八〇年代を「日本のジャズ・エイジ」と捉えていたと解釈することも可能だ。それは村上の表現で言えば「高度資本主義社会」ということになる。『ノルウェイの森』が出版されたのが一九八七年で、まさにバブル景気まっただ中の時代である。その頃の日本の社会的状況はアメリカのジャズ・エイジに多くの点で酷似している。経済が活況を呈することで、人々は何か精神的な支柱を失っていく。それは崩壊するまで気づかない。気づいた時点ではすでに手遅れなのだ。そんな教訓を我々はこれら二作品から学び取ることができそうだ。

第四章　信仰告白の小説

信仰告白としての『夜はやさし』

フィッツジェラルドはプリンストン大学時代の友人で詩人、小説家のジョン・ピール・ビショップへの手紙の中で、『夜はやさし』を「信仰告白」の小説として位置づけている。作品の背景としては『グレート・ギャツビー』と同じだが、これらの作品はその「意図が全く異なる」と強調している。「劇的な小説と、哲学的、ないしは古風に言う心理学的な小説とでは、基準がまったく異なる。前者はいわば離れ業であり、後者は信仰告白なのだ」。またさらに「ぼくらの世代の人間には、どうしようもなく身につまされるところのある小説だ」とも言っている。

この「信仰告白」ということに関して、村上春樹は「フィッツジェラルド体験」の中でこう述べている。

現代という様々な価値体系の交錯する世界にあっては、モラルは常に鋭い両刃の剣である。「信仰の告白」は既に文学の世界から忘れ去られようとしている。しかし人は、作家はいかなる形においてもモラルを持ち続けなければならない。もしそれが今日の文学の内包する重要なテーマのひとつであるとするなら、フィッツジェラルドを最も今日的な「近代」作家と呼ぶことも可能であるかもしれない。

確かに、フィッツジェラルドは一般的に抱かれているイメージとは逆に、非常に古風な作家であることは間違いない。村上もその点を指摘してこう言っている。

そのモラルの質は意外なほど古風である。現代的というよりは、近代的という表現が相応しくさえある。つまり、ヘミングウェイやその他のロスト・ジェネレーションの作家たちがフランスやイタリアの前線でそれぞれのモラルの変革を余儀なくされていた時期に、フィッツジェラルドは必然的に彼のモラルを、いわば夢の段階にまで高めていかざるを得なかったとも言えるだろう。彼の鋭い洞察も、そしてその洞察をもってしても避けることができなかった彼の悲劇も、すべてはここから出発しているように見える。それは「近代」と「現代」という二つの波の宿命的な衝突と言ってもいいだろう。

ここで言及されているヘミングウェイの「モラルの変革」とはまさに、先に『夜はやさし』との比較において詳細に検討した『エデンの園』に描かれていることである。近代と現代がせめぎ合うこの時代、多くの作家はその変化を作品に反映しようとしたが、特にフィッツジェラルドの場合は、それを描きつつも自身のモラルをどこまでも守ろうとしたのだった。それが時代遅れの姿勢であるとわかっていても、彼はそうせざるを得なかったのだ。そこにこの作品の悲劇性があると言えるのではないだろうか。多くの読者はその姿勢を貫くことができない自分の生き方に哀しさを覚えるに違いない。だからこの作品は我々の胸の奥深くにまで食いこんでくるのだ。それでも生きていかなければならないという宿命に涙するのだ。

ゼルダからの手紙

『夜はやさし』が出版された頃にはすでに心を病んでいた妻のゼルダは、「自分たちの世界観では太刀打ちできない何かに翻弄される登場人物たち」に気持ちが高ぶったと読後の感想をスコットへの手紙に書き記している。「個人の主体性を信じようとしながらも、変わりゆく世界に届していく個人の姿に涙を誘われる」とも書いている。彼女のこの見解はまさに多くの読者の読後感を代表しているのではないだろうか。つまり、村上春樹もこうした理由から読後しばらくして「突然何かがやってきた」と感じたに違いない。さらにゼルダの言葉を借りれば、「社会状況の結果として生じる人間の悲劇の成り行きを描くのは至難の業」であるにもかかわらず、フィッツジェラルドはそれを見事にやってのけたのだ。

それにしてもゼルダの批評は卓越しているとしか言いようがない。これはニコルの場合にたとえると「健康なニコル」、つまり「健康なゼルダ」の状態の時に書かれたものであると思われるが、「病気のゼルダ」を自身の中に抱えているからこそ書けるものかもしれない。これら以外にも夫の作品を的確に批評している手紙がいくつかある。まず、「ローズマリー＝ローマのエピソード」まで読んだ段階の感想をスコットにこう書き送っている。

読んでいてすごく悲しくなる――いちばんはきっと、なんとも言えない文章の美しさのせい。無頓着な青春を、のちになってそのかけがえのなさがわかったときのやさしい言葉で捉え直したものは、いつだって胸を打つ。あなたの文章が大好きなのは言うまでもないわね。すごく繊細でバランスがよくて、伝えたいところを痛切に簡潔に伝える術を心得ていて。

ここではスコットの文章の美しさを絶賛しているゼルダだが、彼の文体がこの作品のきらびやかさと哀しさを絶妙に伝えていることは言うまでもない。それを青春時代の体験と結びつけているあたりは多くの読者の賛同を得るに違いない。

さらにゼルダは第一巻を読み終えた段階でこんな手紙も書いている。

本当に美しい散文で、［……］あの陽光にあふれた土地が見事に描かれていて、そのまぶしい光が最後には薄れて影が差して――たぶんほの暗い陰影を帯びる。本当にすばらしい本だし、すぐれた小説に必須の、あの人間の力を超えた悲劇の感覚が染み渡っている。個々の幸福の中身が抜かれて刹那的な快楽理論の図式に収まっていくあの感覚。

この「悲劇の感覚」こそが『夜はやさし』の最大の魅力であり特長だが、ゼルダはそれを冷静かつ的確に読み解いている。彼女はこの手紙をこう締めくくっている——「すぐれた本というのは心に取り憑いて離れなくなるものだし、それはその本が私たちの意識の中の新たなものを明るみに出すから」。まさにその通りだ。こうしてヘミングウェイや村上春樹もこの本に取り憑かれ、それぞれ独自の新たな小説を書くこととなったのだ。

ディックの生き方を美化しようとしているのではない。ただ過去に置いてきた自分と彼を重ねることで、我々はどこかほっと安堵し、厳しい現実に向かう勇気を与えられるのだ。それは決して自分の本意ではなくとも、これでいいのだと背中を押される気持ちにさせられるのだ。我々は折に触れてニューヨーク州北部をさまようディックのことを思うことで先に進むことができるのだ。別れを告げたもう一人の自分と、時に対話することで我々はなぜか勇気をもらえるのだ。

きらびやかで哀しいこの時代を振り返るとき、我々には何が見えるだろうか。もしもう一度そこに戻りたいと思うのであれば、それは簡単に実現する。なぜなら、わざわざそこに戻らなくても、そっくり同じものが我々のすぐ目の前にあるからだ。つまり、我々が今生きているのはあの頃とそっくり同じような時代なのだ。テクノロジーの発達は留まるところを知らず、情報はあふれかえり、それらについて行くことだけで精一杯の人間は疲弊し、時に生きる方向性を見失ってしまう。

それでも、時代は常に我々の先を走り、過度な消費生活を迫る。もちろんそのスケールには違いはあるが、社会のあり方はまったく同じだといっていい。

失われたイノセンス

容赦なく押し寄せる新たな現実、追いつけないくらいのスピードで変化する世の中、そんな状況に対処する最もいい方法は、自分の世界を「創造する」ことである。それは、ジェラルド・マーフィーが言っていることとまさに同じである。ジェラルドはスコットにこう書き送った。

『夜はやさし』で君の言っていることはきっと正しいんでしょう。僕たちの人生の自分でこしらえあげた部分――非現実の部分――だけが全うに機能し、美しかったのです。今は人生そのものがずかずかと踏み込んできて、あたりを荒らし、傷つけ、暴れ回っています。僕は今ひどく怖い。僕らの若さや僕らのこしらえあげてきたものが、僕らの一番もろい部分である子供たちめがけて、攻撃されているんじゃないかと怯えています。

ここにはまさにこの小説のメイン・テーマといえるものが凝縮されている。この「子どもたち」への言及は、実際にジェラルドとサラが子供を立て続けに二人も亡くすという不幸に見舞われたことを指しているのだろうが、それはまたアメリカの「イノセンス」と捉えることもできる。ニコルという少女との近親相姦は、こうしたアメリカのイノセンスへの攻撃でもある。また、ディックのローズマリーへの思いも、彼女の若さ、つまり、アメリカ的イノセンスへの憧れの象徴だ。それは先に紹介した「バビロンに帰る」において、主人公のチャーリーが娘のオノリアを取り戻そうとするのと同じである。

『夜はやさし』ではこれほどアメリカのインセンスが強調されているにもかかわらず、その象徴である子供たちの存在感が薄いのはなぜだろうか。ディックとニコルにはラニアーとトプシーの男女二人の子供がいる設定になっているが、そこには家族の雰囲気があまり感じられない。ニコルを失い、一人アメリカに戻っていく時になってはじめて、子供たちへの思いが描かれているだけである。

> リヴィエラを離れる前日、ダイヴァー博士は丸一日子供たちと一緒に過ごした。彼はもはや、自分のことで楽しい考えや夢をたくさん持てるほど若くはなかった。だから子供たちのことをよく覚えておきたかった。子供たちには、この冬はロンドンの伯母さんのところで過ごしてもらうことになるが、近いうちにアメリカに会いに来てもらうつもりだ、と伝えてあった。家庭教師《フロイライン》のドイツ娘は自分の同意なしに解雇してはならないという取り決めもした。まだ幼い娘には多くのものを与えることができたような気がして、ディックはほっとしてい

た。息子についてはそれほど確信が持てなかった――絶えず滋養の乳を求めてしがみつき、よじ登ってくる子供たちに、自分はいったい何を与えてやれるのかと思うと、いつも不安になった。それでも、子供たちに別れを告げたときには、その美しい頭を首から取り外し、何時間もきつく抱いていたかった。

ここには父親としての子供たちへの熱い思いが描かれているが、それはいくぶん唐突な感じを与える。どことなく不自然なのだ。全編を通して子どもたちはあくまでも脇役にすぎなかったのが、ここにきて急にその存在感が増している。子供たちを愛してはいても、親としての自信はほとんど感じ取れない。彼は今イノセンスの象徴を目の前にしながらも、自分がそれとどう向き合ってきたのかに確信が持てないのだ。子供たちに関して常に不安を感じてきたディックだが、それは彼自身のなかのイノセンスがすでに失われてしまっていたことの証なのだ。彼が今強く抱きしめたいと思うのは、失って久しい彼自身のイノセンスなのだ。

こうした傾向は意外にも「バビロンに帰る」にも見られる。娘のオノリアを取り返すためにパリに戻ってきたチャーリーだが、オノリアの出番はあまりにも少ない。注目はすべて大人たちに集中している。その結果、オノリアの存在は実際の子どもというよりはむしろ象徴にすぎないかのように描かれている。おそらくそういうことなのだろう。『夜はやさし』の場合も、それはディックとニコルの物語であって、子どもたちは象徴として登場しているだけなのだ。ますます遠い存在になって行くものの象徴として。

いずれの場合もその存在感があまりないのは、あえてそういうふうに描かれていると言うべきなのだろう。それほど大人たちの行動がイノセンスの消滅の原因となっているということだ。先に引用したように、ディックとニコルが演じる無邪気さは「実は複雑なもので、本物の無垢《イノセンス》とは程遠い」ものだったのだ。「バビロンに帰る」のチャーリーにしても、ヘレンとの快楽的な生活の中で「本物の無垢」を失ってしまったのだ。フィッツジェラルドが「ジャズ・エイジのこだま」で言っているように、ジャズ・エイジはいつしか「子どものパーティーを大人が引き継いだようなもの」となっていったのだ。主役は子どもから大人へと移り、「国民全体が快楽主義に走り、享楽を求める」ようになったのだった。ブラウンもフィッツジェラルドの伝記の中で指摘しているように、この大人たちこそがヴィクトリア朝の礼節という束縛から解放された真の「失われた世代」であったのだ。一九二二年をピークに、若者たちの浮かれ騒ぎは親たちの世代のものとなったのだった。

『夜はやさし』の最後の章は短くあっけないものだ。そこにはこう書かれている——「再婚後もニコルはディックと連絡を取り合っていた。実務的な手紙のやりとりもあり、子どもたちのことでのやりとりもあった」。これだけである。かろうじて子どもたちのことに触れられているが、具体的なことは何もわからない。イノセンスの象徴はもはや完全に片隅に追いやられてしまっているようだ。ディックはそれを取り戻したくはないのだろうか。あるいはそんな余裕もないくらいにまで失われてしまっているのだろうか。「バビロンに帰る」の結末はこれとは違い、チャーリーはまだ希望を捨ててはいないようだ。

またいつか戻ってくるだろう。彼らだっていつまでもいつまでも俺に代価を払わせつづけるわけにはいかないはずだ。しかし彼はどうしても子供を手に入れたかった。その事実に比べれば、他のことなどどうでもいい。

過去の愚行を反省はしているものの、まだどこかで甘えのようなものを感じさせる終わり方だが、少なくともまだあきらめてはいないことは確かだ。それに比べディックはもはやすべてを失ってしまったかに見える。子どもたちへの思いを感じ取ることはできない。彼の中ではアメリカのイノセンスは完全に消滅したのだ。ビーチを去る前に十字を切ることでその象徴的場所に祝福を与えたのは、彼が守ろうとしてきたものへの決別の合図だったのだ。

ディックが創り上げてきたビーチ、そしてそこで展開される彼を中心とした輪もいつかは壊される運命にある。祖国を離れ、旧大陸フランスにやってきたものの、そこも結局はアメリカの小宇宙であった。ジャズ・エイジは海を渡って押し寄せてきたのだ。それをほのめかすかのように、この作品には全編に渡ってジャズが散りばめられている。こうした手法は『ギャツビー』にも見られるが、ここに来てさらに顕著であり、また、これは村上春樹によって受け継がれた手法でもある。音楽を効果的に使うことで、その時代の雰囲気を描き出すという手法である。

ニコルの分裂症が象徴するもの

フィッツジェラルドは未完に終わった最後の長編『ラスト・タイクーン』（一九四一）の覚え書きに、「ある瞬間、ひとりの人物が、ひとつの時代や場所の意味を独り占めすることがある」と書き残しているが、ジェラルドとサラの二人は、フィッツジェラルドにとっては、まさにフランスでのあの非凡な時代の意味を体現した人物だった。そして、それはフィッツジェラルド自身に関しても言えることだった。

このように大西洋を挟んで二つに分かれた世界といえば、ニコルの分裂症が思い浮かぶ。「精神分裂症」（統合失調症）とは、ひとりの人間の中に二つの人格が存在することである。その症状として、先にも引用したように、体を左右に大きく揺さぶる行為が挙げられる。これはまたゼルダの病気でもあったが、それはまさに時代を体現するかのような症状であると言える。

二つの世界とは過去の時代と新たな時代の二つである。ディックは古い世界の価値観を持つ人物であり、ニコルはまさに文字通りその傘下で保護されてきた。しかその保護された世界も、いつしか危ういものとなり、やがてはニコルもそこから自立していくという設定である。エイブ・ノースと同様、なぜディックは崩壊していったのか。それは、戦前の価値観に固執するあまり、新たな時代の波に乗りきれなかったからだ。そのスピードについて行くことができなかったのだ。

ディックは第一次大戦以前のアメリカを信じていた。それが彼の理想の世界であり、戦争がすべてを変えてしまったことを嘆いている。第一次大戦の戦場跡をたどるディックやエイブは、その破壊された跡をなぞるかのように壊れていく。戦争によってあらゆる価値観が急激に逆転した結果、彼らは新たな世界になじめなくなっていった。

ディックら一行がボーモン・アメルの戦場跡を訪ねる場面があるが、そこで彼は「ぼくの美しい、愛しい、安全な世界は、おそろしく破壊力のある愛の爆風とともに、ここで粉々に吹き飛んでしまったんだよ」と嘆く。エイブ・ノースが実際の戦場を知っているのに対し、ディックにはその経験がなかったにもかかわらずだ。それは、戦争によって古き良きアメリカが消滅してしまったということなのだろうか。彼は自分を「時代遅れのロマンチスト」と呼んでいるが、それは戦争を過度に感傷的に捉えていることからもわかる。彼はこの場所を訪れるにあたり、前もって「戦場のガイドブック」を用意していたのだ。それで、この戦場での出来事を「手早く頭に叩きこんでいたのである。そしてそれをせっせと単純化して、どことなく彼の開くパーティーに似たものに仕立て上げたのだった」。彼はどこかで戦争を利用し、自分の意に反する時代の変化を嘆いているかのようだ。

こうしたディックの姿勢とは対照的に、その傷跡から再生していくケースもある。ニコルはまさにこれに当てはまるが、彼女は古いものが壊されることで新たな世界へと歩み始めることができたのだった。ディックは変わりゆくアメリカを避けて、自分の理想のアメリカをフレンチ・リヴィエラのビーチに築き上げようとはしたが、それも崩壊の運命をたどるしかなかった。結局、場所を移動しても、そこももうひとつのアメリカだったのだ。

ディックとニコルのリヴィエラの館である「ヴィラ・ダイアナ」はマーフィー夫妻の「ヴィラ・アメリカ」をモデルにしているが、そのネーミング通り、そこは海を越えたもうひとつのアメリカだったのだ。彼らのリヴィエラでの体験は、「フランスでの出来事」とはいえ、「結局はアメリカが体験したこと」だった。

ちなみに、マーフィー夫妻のヴィラの周辺では、夜になるとナイティンゲールの声が響き渡っていた。それはナイティンゲールの鳴き声に悩まされて眠れないといった台詞が登場していることからもわかるが、この鳥は『夜はやさし』のエピグラフにも大いに関係している。

すでにおまえとともにあり！　夜はやさし……
……だがここに光はない
あるのはただ、天より微風とともに吹かれくるもの
緑滴る闇を縫い、うねりを苔むす幽径を抜けるほのかな明かりのみ。
——小夜鳴鳥《ナイティンゲール》に寄せるオード

つまりこの詩はジョン・キーツの「ナイティンゲールに寄せるオード」（一八一九）から取られているのである。ここには小説のタイトルである「夜はやさし」が含まれている。夜通し鳴き続け

るこの鳥の鳴き声は全編を通してその背後から聞こえてくるようだ。光のない夜の世界こそがこの作品の悲劇を象徴している。

この小説の第二巻のはじめ、つまりディックとニコルの出会いが語られているところにこんな描写がある。

フランツの家から診療所まで歩くときに必ず通る小道の途中で、ニコルは彼を待っていた。耳の後ろへ梳かしつけた髪がそっと肩にかかり、その髪の奥からたったいま顔が現れたばかりといったふうに見える。まるでニコル自身、いまこの瞬間に、森の奥から澄んだ月光の下に歩み出てきたかのように。未知の世界が彼女を産み出したのだ、とディックは思った。生まれも過去もなく、いまそこから姿を現した夜の他には住む家もない、ただの迷い子であってくれたらいいのに、と。二人はニコルが蓄音機を隠している秘密の場所に向かった。作業場のわきを折れ、岩を登り、低い壁の向こう側に並んで腰をおろす。眼前には、何マイルも先までうねり広がる夜だけがある。

ここにはタイトルとの関連が読み取れる。未知の夜の優しさの中に、すべての過去を包み隠してくれればいいのにという願いが伝わってくる場面だ。しかし、それは叶わぬ夢だった。やがてそこには現実のまぶしい光が差し込んでくるのだ。

場所はフランスでも、結局はアメリカが体験したことだったという点に関しては、フィッツジェラルドやヘミングウェイらの「失われた世代」の作家たちと同時代を生きた批評家のカウリーも、『ロスト・ジェネレーション』の中で同様の見解を述べている。

僕らはヨーロッパなるものを求めて三千マイルの旅をし、結局アメリカを発見した。記憶もあやふやな、半ば捏造されロマンス化された「アメリカ」だ。僕らもいつかはあの遠きふるさとに帰るべきなのだろうか？

アメリカを離れた彼らの世代がヨーロッパで発見したのは結局のところアメリカだったのだ。ディックのビーチと同じく、それは「ロマンス化された」自分たちの祖国だったのだ。ただ問題はそこがアメリカでもフランスでもない、どちらでもない空間となりはてていたことだ。大西洋をはさんで、新大陸でもなく、旧大陸でもなく、どちらにも属さないサークルを創り上げていたのだ。まさに、「創造」された世界は、外見は優雅で華麗でも、現実はニコルの発症に象徴されるように、悲劇的で過酷なものであったのだ。

ディックのビーチはカウリーの次の見解を思い起こさせる。

若者が自分のまわりに虚空の城壁を築いて暮らそうとしたところで、結局そんな生活はとてもつづかないと気づくだろう。現実世界でどんなに究極を求めたところで、アクセルの孤城やゴーギャンのタヒチ、ヴァン・ゴッホが抱いた太陽への狂信とはまるで別物だと気づくだけだ［……］。（傍点筆者）

それはまさしく「虚空の城壁」だったのだ。「アクセルの孤城」とは、ヴィリエ・ド・リラダンの戯曲『アクセル』（一八九〇）のアクセル伯が住む城のことを言っているのだが、カウリーは『ロスト・ジェネレーション』の中で、エドマンド・ウィルソンの象徴主義研究を論じた評論集『アクセルの城――1870年から1930年までの想像文学に関する研究』（一九三一）に収められた「アクセルとランボー」に言及している。そこからカウリーは次の部分を引用している。

もし［……］アクセルの道を選ぶなら、人はおのれの私的な世界に閉じこもり、自分だけの幻想を精緻に仕立て上げ、自分勝手なやり方で熱狂し、しまいには同時代のもっとも驚くべき現実よりも、自分だけの不条理きわまりない妄想の方を好むようになる。自分の妄想をついには現実と取り違えることになるのだ。

これはまさにディックの生き方そのものと言えるのではないだろうか。彼が目指していたのは、ゴーギャンやゴッホが理想とした世界と同様のものであり、それはあまりにも現実からかけ離れたものであったのだ。だからこそ美しく、そしてあまりにも哀しいのである。このポスト印象派を代表する二人の画家は生活を共にし、理想を分かち合った時代があったことはよく知られている。やがて二人は別々の道を歩むこととなるが、互いへの敬意は変わらず持ち続けていた。

カウリーはこの時代を象徴する人物としてハリー・クロズビーを詳細に紹介している。彼は一八九八年に生まれたボストン出身の詩人であり、一九二九年に三一歳で人妻の愛人と心中自殺を図っている。この若き詩人にはどこかエイブ・ノースを思わせるところがある。クロズビーは自殺で、ノースは殺されたわけだから、その点には違いがあるものの、フランスを離れる以前からノースはすでに時代に幻滅し、母国アメリカに帰る時点では完全に生への渇望を失っていた。サン・ラザール駅での彼には依然として強い意志が備わり、すごい存在感を示してはいたが、その意志とは以前のような「生きることへの意志」ではなく、「死ぬことへの意志」だった。それはある意味では自殺も同然である。「頭のいい人はみんなだめになっちゃうみたいね、最近は」というニコルの言葉は、ノースのことを指して言っている。

カウリーはハリー・クロズビーという詩人がこの時代を象徴していると捉えた。フィッツジェラルドがその作品によって時代を象徴したように、クロズビーの場合は生き方そのものがこの時代だったのである。「かつて彼の死は、孤独と狂気がもたらした自暴自棄と映っていた。それがいまや、ハリーが自ら帰属していると信じていた秩序全体が、内側から自壊する様を象徴するものとなりはじめていたのである」

変化はあらゆるところで見られたとカウリーは振り返る。ロスト・ジェネレーションの作家たちはもはやその存在感を失い、クロズビーや彼の後を追うようにして死んでいったハート・クレインのようにこの世に別れを告げるか、そうでなければ確固たる地位を確立するかのどちらかであった。一八九九年生まれのクレインはT・S・エリオットに強い影響を受けたアメリカの詩人であったが、彼も三二歳の若さで自殺を遂げている。こうした状況に関して、フィッツジェラルド自身も「貼り合わせ」の中に、「立派な男たちが自殺したくなるような憂鬱に遭い――何人かがあきらめて自殺するのを目撃した。また事態に適応して僕以上の成功を収めた者もいた」と記している。

「戦後」はすっかり終わり、人々はいまや新たな「戦前」がやってくると口々に語り合い、パリはもはやアメリカ文学において「モダン」かつ美的野心に満ちた作品を生み出す中心地ではなくなっていた。

こうして時代は大きく変貌を遂げようとしていた。それは単なる変化ではなく、内側からその核をなしていた何かが崩れ始めたのだった。ハリーが自殺したのは一九二九年の一二月、まさに大恐慌直後のことである。一方、ノースがニューヨークで殺されたのはそれよりも前のことであるが、ディックよりも速いスピードで崩壊していったこの音楽家の死もディックの結末を暗示しているかのようである。

戦争と神経症

ハリー・クロズビーの死はこうした「変化の象徴」となったとカウリーは結論づける——「みずから死の瞬間を選んだというよりは、混沌とした狂乱のさなかにあった彼を死が選び取ったのである。ハリーは知らずして、まさに『正しき時に』死を迎えたのだ」。この点もエイブ・ノースにどこか似ているような気がしてならない。両者に共通しているのは戦争体験である。

ハリー・クロズビーがなぜ「目の前にひらけていた平坦な道」をそれてしまったのかという疑問に対して、カウリーは戦争での体験をその要因に挙げている。それは「彼が短期間で経験したとある出来事」だという。戦争が悲惨なものであることは言うまでもないことだし、それはすべての戦争に当てはまることだろう。ただ第一次大戦がそれまでの戦争と大きく違っていたのは、歴史上初めて大量殺戮兵器が使用されたことだった。そのために戦い方がそれまでの戦争とは大きく変わり、犠牲者の姿もその原形をとどめないことがあった。それは見るも無惨なものだったのだ。また、命を落とさないまでも、「シェル・ショック」（戦闘ストレス反応）などの神経症に悩む兵士が数多くいたことも事実だ。

ハリーはまさにこの神経症を患うことになるような体験をしたようだ。彼の中で「生から死への変化」が起こったのだ。彼は生きていたからこそ悲惨な光景を目にし、彼の中で「なにかが死んだ」のだった。それまでの恵まれた人生、そしてこれからの約束された明るい未来はすべて死んでしまったのだった。そのことが後になって彼を苦しめることになる。後にいうPTSD（心的外傷後ストレス障害）だ。これはあのサリンジャーをも苦しめた神経症だ。

エイブ・ノースも同様に戦争を体験している。ただ彼の場合は、具体的にどのような出来事が身に降りかかったのかは語られていない。したがって、あくまでも推測の域を出ないわけだが、彼にもハリーと似たようなことがあった可能性は十分にある。でなければ、ある時点から急に崩壊への道をたどることは考えにくい。彼もまたPTSDに苦しむあまり、酒にその救いを求めたのかもしれない。サン・ラザール駅でのまるで戦場のような銃撃事件が起きたのが、エイブの出発の時であったのは単なる偶然ではないとも考えられる。彼は何か戦争に関連した運命的な影を引きずっているのだ。

戦争未経験者の戦争神経症

この二人とは違い、戦争経験のないディックは自身のことを「戦争未経験者の戦争神経症」と呼んでいる。彼は彼なりに、エイブ・ノースやハリー・クロズビーとは違った形での戦争犠牲者なのだ。それは、戦争に行けなかったことに対する罪悪感のようなものだろうか。フィッツジェラルド自身も、大学を中退し入隊はしたものの、ヨーロッパ出征前になって戦争が終わってしまったことをある意味嘆いている。ただ、ディックにとっての戦争とはそれだけのものではないようだ。

ある日ディックは明け方に「戦争の長い夢」を見る。その内容は描かれてはいないが、彼が常に戦争を意識していることは確かだ。それは戦闘経験者としてではなく何か別の理由があるようだ。エイブの死を知ったディックは、その夜「泥のように眠り」、翌朝ある音で目を覚ました。それは人々が行進する音だった。

ゆっくりとした、悲しみに沈んだ行進だ。長々と隊列を組んで歩いているのは、軍服を着て、あの懐かしい一九一四年のヘルメットをかぶった男たち、そしてフロックコートにシルクハットという恰好の太った男たち。中流市民もいれば、貴族も、平民もいる。それは退役軍人の集まりで、弔いの花輪を供えようと戦死者の墓に向かっているのだった。失われた栄華を、過ぎ去った努力を、忘れられた悲嘆を誇るように、堂々と肩をいからせて練り歩いていく。その顔に浮かんでいる悲しみはもはや形ばかりのものだが、それでもディックの胸は、エイブの死を、そして十年前の自分の若さを悼む思いでしばし張り裂けそうになった。

この隊列を組んでいる人々は、これから戦いに行くわけではない。戦いで命を失った兵士たちの弔いのために墓地に向かっているのである。それはすでに終わったことである。失われてしまった過去の栄華と呼ぶべきものだ。彼らには悲しみというよりはむしろ威厳のような誇らしさがみなぎっている。それでもそれを見たディックは失われた過去の栄光とエイブの死が重なり、悲しみを抑えきれなくなっている。さらには自分のもう取り戻すことのできない失われた十年を思い、悲嘆に暮れるのである。

この場面からもわかるように、ディックにとっての戦争とは過去と現在を分け隔てる決定的な出来事なのである。戦争そのものというよりも、いわば象徴としての存在なのだ。このことは先に触れた「戦争犠牲者の母親の会」の場面にも当てはまることである。彼が過去に思いを寄せるとき、必ずこの戦争が絡んでくるのはそのせいである。このように彼の中の喪失感は戦争と密接につながっている。

シニカルに生きられないディック

我々の多くは、実はディック・ダイヴァーの生き方に共感を覚えているのではないだろうか。それは、彼のようになりたいという意味ではない。ただ彼のような生き方を捨て、不本意ながらも現実を生き延びている自分にどこかで引け目を感じているのではないかということだ。つまり、本当は彼のように理想を追い続ける生き方が正しいのであって、どこかで妥協している自分は間違っているると思っているのかもしれない。時にそれを妄想だと言われても、やはりそれが理想的な生き方だとどこかで信じているのだ。

その場合、つまりディックのような生き方を選んだ場合、結果は明らかだ。結局は人生の敗北者と呼ばれることになるのだ。それでも我々はゴーギャンのタヒチに憧れ、ゴッホの太陽への信仰を美しいと思うのだ。アクセル伯のように孤城に住み、俗世間との交渉をいっさい断ち切りたいと願うのだ。作家としての絶頂期にニューヨークを去り、ニューハンプシャーでの隠遁生活に入ったサリンジャーがまさにそうであったように。彼もまたアクセル伯そのものだ。

もちろんまったく正反対の人々もいる。ただ、彼らはそもそも『夜はやさし』や『キャッチャー・イン・ザ・ライ』のような種類の小説を読むことはないだろう。かりに読んだとしても一笑に付すだけだ。あるいは途中で放棄してしまうだけだ。夢、あるいは妄想だけで世の中を生き延びることはできないことを最初から理解しているのだ。つまり、しっかりとシニカルになりきって生きていくことができる人々なのだ。

「シニカルにならなければ生きていけない」と村上春樹は言った。それは一九九五年の二月のことだった。筆者がハーバード大学の近くの店で彼にインタビューしたときの発言がいまよみがえる。それは筆者が村上作品はどことなくシニカルだと言ったことを受けてのことだったと思う。その際、彼が少し語気を強めたことを鮮明に覚えている。何かまずいことを言ってしまったのだろうかと後悔したほどだった。

今では村上の真意は容易に察することができる。それはつまりシニカルになれる人間は生き延びられるということだ。ほんとうはそうはしたくないけれどもという意図がその背後には隠されているが、我々はそれを表には出さないでそっと内に秘めて生きるのだ。それはたとえば村上が描く「鼠」のような存在であり、そのオルターエゴ的な人物に読者がどこか共感を示すのは、我々の中にも「鼠」がいるからだ。

しかし、それでも我々は生きていかなければならない。そこに理由はない。生まれてきた以上は生きるというのが大前提なのだ。だから常に心のどこかで自分の中の「鼠」と対話しながら生きていくのだ。それが時にはディックであったり、ハリーであったりするのだ。また我々は時にはアクセルの孤城のような場所を必要とするのだ。しかしそこに籠もりきりではいられない。ディックのビーチに永遠に居続けることはかなわないのだ。村上流に言うと、『世界の終りとハードボイルド・ワンダーランド』(一九八五)に構築されている「世界の終り」はあくまでも自分が自分の中に創り上げた理想の場所にすぎないのだ。

無名の詩人ハリー・クロズビーは多分にディック的であったが、彼が最後は自ら死を選んだという点においてはディックと一線を画している。ハリーはシニカルになってでも、何とか生きていこうとはしなかったのだ。彼もゴッホの道を選んだのだ。「アメリカン・パイ」のヒット曲で知られるドン・マクリーンの曲に「ヴィンセント」がある。これはゴッホのことを歌ったものだが、この画家が最後に自ら死を選んだことに触れてこう歌っている――「君に伝えておくべきだったね、ヴィンセント、この世の中は君のような美しい人のために作られているんじゃないってことを」。哀しい歌である。そしてハリー・クロズビーやエイブ・ノースもヴィンセント・ヴァン・ゴッホと同類のアーティストであったことをあらためて思い知らされる。

ディックの場合は、シニカルに生きるというよりはむしろ思考が停止してしまったといったほうがいいかもしれない。それほど消耗しきってしまったのだ。彼は結局ハリーらのように死を選ぶことはなく、その後母国に帰って行ったわけだが、そこにはなんらかの意志は働いていたのだろうか。単にフランスに留まることができなくなっただけなのか、あるいはアメリカの地に何かを求めて帰還したのか。彼もいわゆる国籍離脱者の一人としてヨーロッパに滞在していたわけだが、この点に関連して村上は『職業としての小説家』の中の「海外へ出て行く。新しいフロンティア」の章で次のようなことを言っている。

外国に住んでいると、好むと好まざるとにかかわらず自分が「日本人作家」であることを意識せざるを得ません。まわりの人々はそういう目で僕を捉えますし、僕自身もそういう目で自分を見るようになります。そしてまた「同胞」という意識も知らず知らず生まれます。思えば不思議なものです。日本という土壌から、その固い枠組みから逃れたくて、いわば「国外流出者《エクスペイトリエイト》」として外国にやってきたのに、その結果、元ある土壌との関係性に戻っていかざるを得ないわけですから。

誤解されると困るのですが、土壌そのものに戻るということではありません。あくまでその土壌との「関係性」に戻るということです。そこには大きな違いがあります。［……］自分が日本人作家であることの意味について、そのアイデンティティーの在処《ありか》について、より深く考えるようになったというだけです。


国籍離脱者となったこの時代の作家たちも、カウリーの言うように、ヨーロッパの地でアメリカという母国をより強く意識することとなり、最終的にはみなそこに戻っていったのだったが、ディックの場合はどうだったのか。彼はこの村上の言う「関係性」に戻ったのだろうか。

ディックの場合は、結果的に土壌には戻ったけれども、関係性は失ってしまっていると言わざるをえない。彼の中に村上的な強い意識が芽生えているとは言えないだろう。どこか宙ぶらりんの状態のままなのだ。自身のアイデンティティーを強く意識しているとは思えない。そこがカウリーの描く国籍離脱者とはまったく違っている。カウリー自身はこう振り返っている。

僕もまたアメリカに熱狂的な思いを抱いていた。遠い異国の地にあって、アメリカの放つ強烈なイメージに魅せられるようになっていたのだ。そうして僕は、アメリカ的な生き方とはなんの関係もない価値観と、帰ってから間違いなく誤解されるであろう信念の数々をたずさえてニューヨークに帰ろうとしていたのである。

ディックにはこうしたポジティブな姿勢はない。要するにディックの場合は、先にも触れたように、最後は思考停止の状態に陥っていると言わざるをえないのだ。ただ惰性で生きているだけの状態である。それはまさにニコルの父親の最後の状態に似ている。ローザンヌのホテルで病床に伏し、余命あとわずかと宣告されながらも、彼は突然従者を引き連れて失踪してしまう。ディックはそれを「本能」だという。

「本当に死にかけていたんだ。だがそこでもう一度リズムを取り戻そうとした——人が死の床から歩き去るっていうのは、何もこれが初めてのことじゃない——古い時計みたいなものだ——ほら、振ってみたらたんなる惰性からまた動き出すってことがあるだろう。[……]」

こうニコルに説明するディックだが、なんとも皮肉なことに、それはディックにも当てはまることなのだ。実は彼自身もまさに古時計そのものなのだ。そこにはニコルに芽生えたような自我はない。ただかつての彼の患者たちのように、同じ円を描きながらぐるぐる回っているだけなのだ。

カウリー版『夜はやさし』

ここまで何度か引用してきたカウリーの『ロスト・ジェネレーション』は、いわゆる「失われた世代」と呼ばれる世代の若い知識人たちが見たヨーロッパとアメリカの文学的、思想的記録である。まさに若きアメリカの詩人カウリーの叙事詩的エッセイとも呼べるものだが、この本が最初に出たのは『夜はやさし』と同じ一九三四年である。そこには「ジャズ・エイジのこだま」への言及はあるものの、この長編小説にはいっさい触れていない。もちろん完成版を読むには時間的に無理があったと思われるが、カウリーがこの新作に関する情報を知らなかったはずがない。なんらかの言及があってもおかしくはないが、フィッツジェラルドに関しては、カウリーは次のように記述している。

スコット・フィッツジェラルドについては一九二〇年代の代表者のように語られるのが常だけれど、ここで言っておくべきなのは、彼が象徴していたのは当時の典型的作家像という以上に、大学を卒業してから実業家になろうというような野心たっぷりの若者たちの姿だったということである。彼は同時代の純文学作家などよりずっと稼いでいて、彼らにはとても真似できないような贅沢な暮らしをし——さらにはその稼ぎですら間に合わないほどの贅沢を尽くし——やがてよりいっそう自分の過ちを悔いて苦しむことになった。他の作家と同様、彼もまたわが道、わが人生を歩んだわけだが、一歩引いてこうした人生の数々を眺めてみると、結局はより大きな出来事の枠組み——つまり一度は（たとえ精神的にであれ）移境者となったものの、やがて国にもどってふたたび根を生やす、という一連の「離反と回帰」という流れに含まれるように見える。

要するに、若くして成功を収めたためにその派手な生活ぶりが強調されており、この時代の代表的作家という扱いはしていない。むしろ、金にまみれた当時の典型的なビジネスマンとして捉えているのだ。ただ、カウリーが『夜はやさし』を自著に取りあげなかった理由はともかくとして、アクセルの城のこと、そしてハリー・クロズビーの死に関する叙述が結果的にこの作品に関する批評となっている点は見逃せない。それは間接的ではあるが、鋭いものである。

カウリーの晩年に筆者は彼の講演を聴く機会があったが、その時いちばん印象に残っているのが、フィッツジェラルドの執筆に対する姿勢のことである。ある時、二人が夜遅くまで文学談義に花を咲かせたことがあったが、カウリーが翌朝目覚めると、フィッツジェラルドはすでに机に向かっていたという。確実に彼もそれなりのアルコールを飲んでいたはずなのに。もっとも彼は「これは水だよ」と言って何度も透明の液体をお代わりしていたそうだが。このエピソードは、フィッツジェラルドが『夜はやさし』の完成に向けて最後に奮闘していたボルティモア郊外の「ラ・ペ」と呼ばれる家でのことなので、二人は当然この作品について語り合ったはずである。

彼がフィッツジェラルドに宛てた手紙を見ると、この小説には褒めるべき点も多くあるが、やはりその構成に問題があるという見解を書き記している。この意見は彼だけのものではなかったわけだが、結果的にカウリーがこの改訂版を手がけることになったのである。いわゆる〈カウリー版〉と呼ばれるものである。どちらのヴァージョンを好むかは読者によって分かれるところだが、現在正式版とされているのはオリジナル・ヴァージョンのほうである。ただ、村上春樹はこちらではなく、年代順に物語が進行するカウリー版を好むと言っている。彼は『夜はやさし』の二つのヴァージョン」の中で、「どちらの版にも欠点と長所はある」としながらこう述べている。

オリジナル版に対する疑問点としては、①事件の進行が前後することで小説のスピードが分断されるきらいがある②療養所のくだりがカウリー版よりは幾分状況説明的な色彩を帯びてしまうこと③全体の構成としてローズマリーの登場する第一部があまりにも華やかであるため、二、三部がくすんで見えること、があげられるだろう。技術的に見ても、[……]ローズマリーの役割が必要以上に大きく映ったり、最初のうちは誰が主人公なのか読者につかめなかったり、という欠点もある。長所は、冒頭から読者を華麗でヴィジュアルな小説世界にひきずりこんでいけること、そして[……]全体的にミステリアスな雰囲気をかもしだすことに成功している点にある。

そしてカウリー版の長所と短所はほぼこの逆で、この序章としての第一部は「幾分退屈でさえある」が、「第二部以降ではこの第一部で打たれた布石がぴしりと利いてくる」。「そして何よりもディック・ダイヴァーという一人の人間が運命に翻弄される様が確かな方向性を持って描き出される」としている。

　このように、ともに欠点を抱えた二つのヴァージョンだが、村上がなぜカウリー版を好むかというと、それは最初に読んで感動したのがこちらだったからということだ。筆者の場合もまさに同じ理由でオリジナル版に軍配を上げたいと考える読者である。まさにその華やかなオープニングから暗い現実へと向かう落差に感動したからである。

　いずれにせよ、村上が指摘するように、いちばんの「問題はローズマリーという登場人物の扱い方」である。彼の分析によると、オリジナル版ではローズマリーが「実際以上に重要」な役割を担っているように見えてしまうところに問題があるが、それは第二部がディックとニコルの出会いの物語として描かれていることで解決されている。その後、この二人の物語はローズマリーの視点から外れたところで展開していく。つまり、ローズマリーは「導入」としての役割を果たしているのだ。我々は彼女の「視点」で物語の世界へと案内され、やがてこの案内役は消えていく。しかし、カウリー版ではこの彼女の「視点」が消えないまま、第三部へと「もつれこんでしまう」のだ。これはフィッツジェラルドが物語の構成を後になって変えたことにより生じた問題である。最初からこの配列で書いていればこういう「微妙なバランスの狂い」は生じなかったのだ。

ローズマリーの役割

ここで気になるのがローズマリーの存在だ。たしかにローズマリーは「導入」の役割を担った人物だ。しかしそれだけではないはずだ。彼女の存在はディックに大きな影響を及ぼしている。実際二人の関係は深いものへと発展していく。後にも引用するように、ニコルとの出会いからローズマリーに出会う瞬間までのどこかで、自分の何かが狂ってしまったとディックは思いを巡らせるが、それはどういうことなのだろうか。

ディックとこの二人の女性との関係は『ノルウェイの森』を思い起こさせるが、ローズマリーを緑に重ね合わせるとしたら、ディックはもしかしたら彼女によって救われたかもしれない。しかし、彼はもはやニコルを置き去りにはできないまでに、深くのめり込んでしまっていた。ワタナベが直子のことをどうしても断ち切れなかったのと同様に。こうして二人の男は失われていく。目の前に自分を救い出してくれる存在が現れたにもかかわらず、そちらを選べないのはなぜか。もちろんそこにはモラルの問題が立ちはだかることも事実だが、それだけでは説明できない何かがあるようだ。つまり、それは現状から抜け出せないというよりは、そこに何かしらの居心地の良さを感じているからだろう。あるいは、それを捨てるには犠牲は大きすぎると感じるほど、どっぷりと足を踏み入れているのだ。

それはギャッツビーがデイジーと恋に落ちた頃のある秋の夜、目の片隅に捉えた梯子を登ることをせずに、結局デイジーを選んでしまったことに重なる。もしあのとき、一人であの梯子を登っていたら……。しかし運命は過酷にも男たちに悲劇への道を選ばせるのである。あるいはそれは運命ではないのかもしれない。白らが結局はその道を選んでいるのだから。

ギャッツビーは過去について能弁に語った。この男は何かを回復したがっているのだと、僕にもだんだんわかってきた。おそらくそれは彼という人間の理念《イデア》のようなものだ。デイジーと恋に落ちることで、その理念は失われてしまった。彼の人生はその後混乱をきたし、秩序をなくしてしまった。しかしもう一度しかるべき出発点に戻って、すべてを注意深くやり直せば、きっと見いだせるはずだ。それがいかなるものであったかを……

ここはディックの置かれた立場と重なる場面だ。本書の第三章において、『夜はやさし』の「病気のニコル」と「元気なニコル」が、それぞれ『ノルウェイの森』における直子と緑に相当すると言ったが、ローズマリーの存在を視野に入れるとき、彼女が緑だと捉えることも可能になりそうだ。それはあくまでもディックとの関係性においてのことであって、彼女が緑とそっくり同じ役割を果たしているということではない。とはいえ、似ている点もそれなりに認めることはできるのではないだろうか。実際、ローズマリーはニコルよりも若く、まだ大人になりきっていない子供の要素を兼ね備えている。まさにその溌剌とした若さが彼女の魅力であり、ディックがその点に惹かれていくことを考えるとき、年齢差に違いはあるものの、それはワタナベと緑の関係に似ている。ローズマリーの視点はある時点で消えてしまうことになるが、それは彼女との別れの後、ディックが完全にイノセンスを失ってしまうことと重なる。つまり堕落への道をひた走ることになるのだ。

新たな文化としてのジャズ

トミー・バーバンに代表されるような新たな文化の台頭は、ジャズという代名詞で表現することができるだろう。それは『グレート・ギャツビー』においても見られる現象だ。ただそこではジャズは消される運命にある。拙論「フィッツジェラルド『華麗なるギャツビー』が描いたアメリカ社会——消されたジャズ・よみがえるジャズ」において論じたように、この作品の段階ではジャズは消される運命にあった。しかし、『夜はやさし』では常に背景に存在しているだけでなく、その力は除々に力を発揮していく。もはや消せる存在ではなくなっているのだ。最後にこのトミーがニコルを獲得するという結末を考えると、ジャズは勝利を収めたことにもなる。ジェイ・ギャツビーの場合とは大きく状況が違っているのだ。ただ、後述するように、黒人そのものの扱いに関してはやはりまだ消される運命にあるようだ。

ニコルと別れ、最後は崩壊していくディックに同情する読者は、ジャズに象徴される新たな文化の台頭を素直に認めることができないかもしれない。しかし、それを悪者扱いするのは間違いだ。それは、それまでずっと押さえられてきたアメリカの持つもうひとつの力が、ここで一気に噴出し始めただけのことなのだ。それは来るべくして来たものなのであって、誰が悪いわけでもない。ただ、戦後の急速な時代の変化によって、人々の多くは、過去と未来の間で中吊りの状態を強いられた結果、混乱が生じただけのことなのだ。ディックの結末は哀れに見えるが、これがアメリカという大国の現実なのだ。強くあるべきアメリカは、こうした人々を犠牲にしてでも走り続ける運命にあるということだ。

ディックの長い「悪化のプロセス」は、その性格の弱さに決定的な原因があった。よい人間でありたい、優しくありたい、勇敢で賢くありたいと思うあまり、彼は「なによりもまず、愛されたいと思い続けてきた」。フィッツジェラルド自身の悪化の道をたどった人生も、ある程度はこれと同様、いかにも「アメリカ的な欠点」に理由を探ることができる。つまり、常に世界の中心であり続けたいという願望である。自分が自己中心的であるのを重々承知しつつも芸術家になろうという闘いをやめないがために、人生はどこか悲劇的な気高さを帯びるに至ったのだ。

ディックが古き良きアメリカを守り続けようとしたビーチには、新たな人々が次から次へと押し寄せてくる。一九二六年には一九二三年頃とは違って、リヴィエラはもはや夏の静かな保養地ではなくなっていた。アメリカ人がみるみる増え始めたのだった。彼がその聖域を守ることができたのは、リヴィエラの夜の優しさに包まれた時だけだったのかもしれない。そこはディックの仲間以外は入り込めない場所であり、彼が創り上げた非現実の限られた空間であったからだ。「カーテンをおろしてもいいかい?」という繰り返し登場する表現は、リヴィエラの夏の太陽の眩しさを暗示している。だが、あの夜のパーティーの場面に象徴されているように、かりにほんのしばらくではあっても、夜はやさしくディックを包んでくれるのだった。まさに彼の理想の世界がそこには存在したのだ。

アメリカの社会システム

『夜はやさし』をジャズ・エイジ小説としてみた場合、その特徴はどういうかたちで描かれているのだろうか。若き精神科医である主人公のディック・ダイヴァーは、本来の性格的な弱さも手伝って徐々に酒に溺れていくが、その背景には横柄とも言える金持ちの存在が見え隠れしている。『ギャツビー』の場合と同様、金持ちの食い物にされて破滅していく主人公の姿がそこにあるのだ。それは、言い換えれば、高度に発達した資本主義の国アメリカの犠牲になっていったとも捉えることができる。

「ジャズ・エイジのこだま」のなかで、フィッツジェラルドはこの時代の特徴のひとつは「過度の時代」であったと振り返っているが、まさにそれは金にまみれた時代だった。強いドルに支えられたアメリカ人は、フランスにおいて有り余るほどに豊かな生活を送ることができたのだった。そこには、先にも引用した「母国の繁栄に乗っかって呑気に練り歩いている類」のアメリカ人が多く住んでいた。しかもまたさらに絶え間なく続々と押し寄せてくるのであった。ディックが出会った新聞売りが見せてくれた新聞の風刺漫画には「黄金を山と積んだ定期船のタラップからアメリカ人が奔流のごとくあふれ出している図」が載っていた――「『その数、二十万――ひと夏で一千万ドル使う』」

ディックの場合は、さらに妻のニコルの莫大な財産があった。それはもちろん個人のものではあるが、アメリカ人だからこそ享受できる財産であったことは事実だ。結局ディックは妻の富によって堕落していったわけだが、それはアメリカの社会システムによって崩壊させられたとも言えるのだ。

カウリーは、『ロスト・ジェネレーション』の中で当時の芸術家と社会の関係を次のように説明している。

芸術家も芸術作品も、ふたたび世界の一部になろうとしていた。芸術は世界によって生み出され、ときには世界に影響を及ぼすこともあるのだから。芸術家と芸術作品は、世界のさまざまな意味《ヴァリュー》を明らかにし、世界をより人間らしいものにするという古くからの芸術の本分へと回帰しつつあったのである。

だが、美的な観念や芸術家の生き方に生じたこうした変化は、より大きな変化の兆候でしかなかった。かつての芸術信仰の背後には、それを成立させている社会システムがあった――成功についてのもろもろの誤った観念を人々に植えつけ、そうした観念に対する誤った反動を引き起こしてしまった社会システムが。それが芸術家や労働者たちを故郷から根こぎにし、ウォール街のにわか景気を生み出し、中産階級のヨーロッパ移住を経済的に支えたものなのである。いまやこのシステム自体が瀕死の体で身を震わせていた。財政破綻をおこした世界は、暴動と粛正の時代、革命と反革命の時代に突入していたのである。

カウリーはここで人々を誤った方向へと導いたアメリカの社会システムのことを言っているが、「ウォール街のにわか景気」によって翻弄されたのは中産階級の人々であったことを忘れてはならない。やがてそのシステムも瀕死の状態となり、人々は更なる混乱の社会に放り出される結果となるのだ。ディックもその犠牲者の一人であることは言うまでもない。彼は前途有望な青年ではあったが、ニコルとは違って、中産階級出身の一アメリカ人にすぎなかったのだ。つまりカウリーのいう社会システムに翻弄される運命にある立場の人間なのだ。

それとは逆に、ニコルはこうした社会の財政破綻にも動じない種類の階級に属している。そんなニコルと結婚することによって、ディックの人生は少しずつ狂わされていくことになる。その理由は至極簡単なことだ。つまり、牧師の家に育ったディックは質素な生活に慣れており、生まれつき大金を手に自由奔放な生活をするといった経験はまったくない人間である。そんな彼がニコルの財産を共有することで、いわゆる当時の相場のような「にわか景気」を経験することになる。それはディック個人だけの問題ではなく、この時代の多くのアメリカ人が抱えていた問題でもあるのだ。

消耗してゆくアメリカ人、ディック

ディックは堕落したというよりも、むしろ消耗してしまったのだ。それは、堅実な家庭に生まれ、地道に努力してきた人間が、急にニコルの財産を手にし、そういう上流階級的な生活を繰り返すなかで本来の自分を見失い、目標をなくし、疲れ切ってしまったということだ。これは、彼だけではなく、ジャズ・エイジのアメリカ人の多くについても言えることだ。戦後の急速な経済発展のなかで、人々はそれまでのアメリカの美徳であったひとつの信条を失ってしまった。それはホレーショ・アルジャーの『ぼろ着のディック』(一八六七)に見られる、勤勉な努力が成功を生むといったような生き方のことだ。それはもはや時代遅れとなっていたのだ。若き日のギャツビーが信じていたベンジャミン・フランクリン的美徳ももはや死に絶えていたのだ。

リンドバーグはそのことを一瞬気づかせてはくれたが、結局はもう元に戻るには遅すぎたのだった。彼は『ギャツビー』に描かれた「オランダ人の船乗りたち」の新大陸への夢とは逆のコースに同じ夢を求めたわけだが、この時代、人々はそれに続くことはできなかったのだ。ギャツビーとニックの二人以外、誰もその壮大な夢を思い出せなかったのと同様に。彼らの中にはもはや「新世界の鮮やかな緑なす乳房」は存在していなかった。その胸に飛び込んでいく気概も残ってはいなかったのだ。

ディックは発展のなかで疲弊していくアメリカ人の典型であり、また当時経済力にものを言わせてヨーロッパに渡っていった多くのアメリカ人の典型でもあるのだ。最後に残れるのは、もともと財産を所有しているウォーレン家のような人々だけだった。このことは『ギャツビー』に関してもまさに同じことが言える。成金のギャツビーは消滅し、トムたちは脳天気に生き延びることができる。

そこには資本主義、消費主義の台頭の中で疲弊し、消耗していくアメリカ人の姿がある。古き良き時代のアメリカの理念、建国の理念に基づいたアメリカの理想に別れを告げるのはそのことが原因なのだ。ディックはもはやどこに行けばよいのかがわからない。まわりを見渡せばすべてウォーレン家の財産に囲まれた生活なのだ。

ニコルは、彼を自分のものにしておきたい、永遠にこの状態に止めておきたいという思いから、彼の節約が弛むのを喜んだし、あの手この手で物や金の細流をひっきりなしに作り出して彼を水浸しにした。[……]

それほど楽しくもなかった。彼の仕事はニコルの抱えている問題と区別がつかなくなった。加えて、このところ急激に増えている彼女の収入のせいで、自分の仕事が無価値なものに思えてくることもしばしばだった。［……］ディックはずいぶん長いあいだ、その広い部屋に立ち尽くしていた。電動時計の低いうなりに、時の流れる音に、じっと耳を傾けていた。

ニコルの富、そしてその存在によって潰れていくディックの姿が痛ましい。彼はここに来てもはやコントロールされる側になり果てようとしているのだ。彼の生活はいまや同じところをぐるぐると回っているだけだ。まるで回転木馬のように。もうどこにも行けない。背景に流れる「二人でお茶を《ティー・フォー・ツー》」という曲が哀しく響く。それはまるで「マネー・フォー・ツー」と歌っているかのようだ。

第五章　感情的破綻

ディックの崩壊

ディックは、エイブ・ノースのあとをなぞるかのように酒に溺れていく。なぜ最近は頭のいい人間が皆だめになっていくのか、またどうしてアメリカ人だけが放蕩で身を滅ぼすのかというローズマリーの疑問にみずから答えるかのように、ディックは崩壊への道をひた走っていく。そしてそれはやがて暴力へと発展していく。彼はローマでタクシーの運転手を殴る事件を起こす――「突如、この一週間激しいいらだちがディックの中で跳ね上がり、電光石火、母国の誉れ高き伝統の技たる暴力の姿をとった」。フィッツジェラルドはその暴力をアメリカが世界に誇る伝統だと表現する。確かにアメリカは暴力という手段によって常に発展を遂げてきた。新世界におけるフロンティアの歴史は、インディアンの制圧などに見られる暴力の歴史だからだ。それはリチャード・スロットキンが著した『暴力による再生――アメリカン・フロンティアの神話 1600–1860』などを見れば明らかである。

暴力には至らずとも、これ以降もディックは何度か酒のせいで他人と口論となっている。ひとつは、地元のフランス人の家政婦と、そしてもうひとつはバハマ出身の黒人と。またさらに彼は酒のせいで診療所の共同経営者であるフランツに「飲むべきでないときに酒を飲んでいる」と指摘され、その関係を解消することになる。ディックはそれ以前から、「精神科医の職業倫理が生命のない塊へと崩れ果てていくのを感じて、なかば自暴自棄になっていた」ところがあったのだ。もはや彼に残されているのは「無関心」だけだった。それが「度を超した飲酒という形」となっていたのだった。

ローマで刑務所に入ることになってしまったディックは、ベイビーの力に頼らざるを得ない状況に陥る。結局アメリカの財力を背景に政治的な力を発揮してもらうことで彼は窮地を脱することができるのだ。またしてもウォーレン家の金の力に頼ることとなってしまったのだ――「これまでのディックの経歴がどんなものであれ、今後、ウォーレン家は彼に対して倫理的優位を保てるだろう。彼が使い物にならなくなるその日まで」

こうなるともはやデッドエンドだ。彼の存在感はますます薄れ、もはや風前の灯火としか言いようがない状況に追い込まれる。彼の役目は終わろうとしている。そしてやがてその日はやってくる。ウォーレン家のために尽くしてきたものの、もはや役に立たなくなった彼は解雇される。

「初めの六年、ディックは申し分のない夫でいてくれたわ。そのあいだは、あの人のせいでつらい思いをしたことなんてただの一度もなかったし、わたしが絶対に傷つかないように全力で守ってくれた」

ベイビーが下あごをつき出して答える。

「そりゃだって、そういうことのために教育を受けてきたんだから」

ベイビーのこの発言はディックを単なる雇われ医者としてしか見ていなかったことを証明している。その後の「あのまま自転車旅行をさせといてあげればよかったわね」というせりふはまさに決定的だ。「誰だって、急に足のつかない深みに放りこまれたらパニックになっちゃうものなの。いくら平気なふりをして、見かけを魅力的に繕っても」。つまり、ディックは所詮自分たちとは住む世界が違う人間だったということだ。これはウォーレン家のような富裕階級独特の思い上がりであり、それに翻弄され傷ついていくのがディックのようなごく普通の善良な中産階級の人々なのだ。彼は一時的に利用されたにすぎなかったのだ。

こうしてディックは「自由の身」になったものの、もはややり直そうという気力は残っていない。まして何か新しいことを始めようという気概もない。まさに消耗し尽くしてしまったのだ。その姿はニコルの父の最後の姿そのものだ。彼は今や惰性で動く古時計にすぎない。

男による抑圧の世界からの解放

ここで対照的なのがディックとニコルだ。先にも言及したように、ディックは父親の死後、何か決定的なものが失われたかのように下降線をたどっていくのに対して、ニコルはその逆を行くことになるからだ。そもそも彼女の病気の原因であった父親が死に瀕することで彼女は立ち直っていくのだ。何か致命的な重荷から解放されたかのように。
それは「男の世界の抑圧」からの解放だった。ニコルはこうして自我を取り戻していく。そんな彼女の変化が描かれているのが次の箇所だ。

夫以外の男に興味を持てるなんて、自分でもちょっとびっくり――でも他の女たちだって恋人ぐらい作ってるんだし――どうしてわたしがしちゃいけないの？　心地よい朝の光の下、男の世界の抑圧が消え去り、ニコルは花のように明るく楽しく考えをめぐらせた。［……］［……］もしも自分が、魂において、昨晩のようなディックと永遠に一体でいる必要がないのだとすれば、自分はディックの心に映る幻影以外の、別の何かにもならないといけない。一つのメダルの縁をぐるぐる回り続けて得意になっていてはだめなのだ。

ここには不倫的男女関係を臭わせるジャズ・エイジの風俗の一面も顔を覗かせているが、それはまさに女性の時代の到来を表している。デイジーの場合とは異なり、ここには女性の自立が見られる。またこの作品の特徴のひとつである回転のイメージがここにも描かれているが、ニコルはそこから脱することに成功するのである。逆にディックがその輪の回路《サーキット》の中に取り込まれていくという皮肉が見られる。それは現代人が陥りやすい「閉鎖的周回路《クローズド・サーキット》」にも似ている。その前触れがここに見て取れるようだ。「疑り深い動物」のように自分の世界に引き下がっていくディックを見てニコルは思う――「上のベッドでうちひしがれているあの男は、いったいどこに滋養を求めるのだろうか」。彼女はもうこれ以上耐えられないと感じる。今や彼女は「これまで常に身の安全を保証してくれていた古い足場と［……］間近に迫った跳躍との狭間で［……］きわめて微妙なバランスをとっていた」。ここには大きな転換の予兆がある。

病気から快復し自我を取り戻しはじめたニコルは、「新たな自分が生まれる」と感じるのだった――「何年ものあいださまよっていた迷路を大急ぎで引き返すうちに、ニコルの自我はたっぷりと豊かなバラのように花開き始めた。ニコルはビーチを憎んだ。自分がディックという太陽の惑星を演じてきた数々の場所を恨み憎んだ」。近親相姦を男性の女性に対する抑圧と捉えれば、そこから解放され、女性としての自我に目覚めていく様子がここから読み取れるのではないだろうか。それまですべてディックに任せきりだった彼女はここにきて「自分で考える」ことができるようになったのだ。

古い殻を破り、新たに生まれ変わろうとしているニコルだが、それは一概に彼女一人の功績として讃えることはできない。その背後にあるのはやはり金だという点を忘れてはいけない――「ニコルという人間は、変わるべく、飛び立つべく造られているのだ。金を鰭《ひれ》とし、翼として」。それは手放しで喜べる変化ではないのだ。ただ彼女は「解体の痛み」と「その瞬間へと至る暗い道のり」を恐れている。その点は姉のベイビーとは少し違っている。ニコルはそこまで非情にはなれないようだ。しかし結果は同じである。傷つき崩壊していくのはディックのほうなのだ。

女性の台頭

最後にビーチを訪れるディックはまるで「退位を余儀なくされた王が、かつての宮廷をこっそり訪れている」かのようであり、ニコルはこの時「繊細なジョークと心遣いからなる彼の世界を憎むようになっていた。長年にわたり、それが彼女に開かれた唯一の世界だったことを忘れて」。この時代に訪れた女性の目覚めともいうべき瞬間だが、それまで男の傘の下でずっと生きることを当然と考えてきた女性たちが、そこから飛び立とうとしている。

とくと眺めるがいいわ——悪趣味な連中の趣味にすっかり汚されたあなたのビーチを。一日中探し回っても、かつてあなたがこのビーチを守るために築いた、あの万里の長城の石一つ、懐かしい友の足跡一つ見つからないでしょう。

男の理想は崩壊したのだ。時代の新たな流れに乗り遅れたディックはただ取り残されていくだけだ。彼はまさに崩壊していく旧世界の象徴なのだ——「彼が生み出し考え出した無数のものが、これほどわずかな年月ではるか砂の下に埋もれてしまうなんて……」。変化、そして崩壊はあっという間にやってくる。いや、その兆しに気づかなかっただけかもしれない。いずれにしても気づいたときにはもう手遅れなのだ。これこそがまさにフィッツジェラルドの言う「崩壊《クラック・アップ》」のロジックだ。ディックはいう――「変わり始めたのはもうずいぶん前のことでね――ただ、初めは表に見えなかったのさ。士気にひびが入っても、それがふるまいに表れるにはしばらく時間がかかるものなんだ」。ここでディックは「アメリカの新しいジャズ」をピアノで何曲か弾く。「肩越しにニコルが甘くかすれたコントラルトで歌をつける」。なんとも象徴的な場面だが、ここで「お父さん」という歌詞が入っている曲をニコルは躊躇なく歌う。彼女は再生したのだ――「この先、一生〈お父さん〉っていう言葉にびくびくし続けるなんてごめんだわ」。彼女は父親との悪夢を乗り越えたのだ。

今やニコルは「情事」を求めているのであって、「曖昧な精神的ロマンスなど」はどうでもよかった。彼女がほしいのはまさしく「変化」なのだ。それはヴィクトリア朝的なディックの考え方からの脱出を意味している。新たな時代の女の生き方というべきか、それはジャズ・エイジそのものだ。デイジーもそうした風俗を背景にギャツビーとの情事をしばし楽しんだ。こうしてディックという「掟」から独立を果たしたニコルは「恋人トミーの掟なき世界《アナーキー》」へと足を踏み入れていく。そしてついに彼女はディックへの同情の気持ちを抱くまでになる。それはそれまでには一度もなかったことだ。「かつて精神を病んだことのある者にとって、健常な者に同情するのは容易なことではない」が、彼女はディックを憐れに思った。かつてエイブ・ノースに憐れみを覚えたのと同様に。

今となっては自分を救うことで精一杯で、もはやニコルにできることは何もないというディックを卑怯だとニコルは責める――「勝手に人生を棒に振っておいて、それをわたしのせいにしたいんだわ」。彼女からすれば確かにそうなのだろう。

彼女は勝利を手に入れた。嘘もごまかしもなく自分の正しさを自分に証明して見せ、永遠に絆を断ち切った。それから、膝に震えを感じ、冷めた涙を流しながら、ようやく自分のものになった家へと歩いていった。

ディックはその姿が見えなくなるのを待った。やがてニコルが家の中に消えると、塀に身を乗り出して、手すりに頭をのせた。治療は終わった。ダイヴァー博士もこれで自由の身だ。

ディックは負けたのだ。しかしそれはニコルに負けたのだろうか？　いや、そうではないだろう。むしろ彼女が象徴する時代に負けたというべきだろう。彼は「愛されることが一つの習慣」となっていた。「自分が滅びゆく一族の最後の希望」だと悟った若き日から古いアメリカを代表してきたのだった。それが今ここで音を立てて崩れ去ろうとしている。それはディックのような人間にとっては仕方のない現実だったのだろう。誰かを責めたところで元に戻るわけではない。時は非情に流れていくだけだ。ディックたちを置き去りにして。

逆にウォーレン家の人々はこうした現実にはまったく無頓着な人種である。人の悲劇を踏み台にできるような人種なのだ。特にニコルの姉のベイビーはその典型だ。彼らは結果的にディックを利用したにすぎない。そして、用が済めば平気で切り捨ててしまう。まさにこの時代の消費主義そのものだ。ディックはまるでひとつの商品であるかのように扱われたとも言える。ジェームズ・ウェストの指摘にあるように、ニコルを治療する過程で、疲弊し、最後は消耗しきってしまったディックは、フィッツジェラルドの言うところの「感情破綻」に陥ってしまったのだ。

感情的な破綻

この感情的に破綻を来たすというのはどういう状態なのか?　「感情破綻」はフィッツジェラルドが一九三一年に発表した短編のタイトルで、「ジョセフィーン物語」群のひとつの作品である。多くの男の子との恋愛ごっこを楽しんできた主人公のジョセフィーンは、ほんとうに愛する人に巡り会ったときにはすでになんの感情も残ってはいなかったという物語だ。「人は同時に消費し、所有することはできない。彼女はやっと愛を見つけた。でも彼に差し出す花はバスケットの中にはもう一本も残っていなかった」というくだりは実に切ない。

物語の背景に違いはあるものの、ディックも同じような精神的状況に陥ったことは確かだ。彼は自分のすべてを使い切り、もう花は一本も残っていないのだ。このバスケットのように彼はもう空っぽなのだ。それはディックだけの問題ではない。ジャズ・エイジの多くのアメリカ人が体験したことなのだ。「過度の時代」に彼らはあらゆるものを使い果たしてしまったのだ。その結果、感情的に破綻してしまった。抜け殻となったディックはニューヨーク州北部の小さな町を転々とさまよい続ける。

この短編は、一九三七年にフィッツジェラルドが発表したエッセイ「早すぎた成功」を思い出させる。それは若くして成功を収めることで、人は早くに夢を失ってしまうというものだ。これはもちろんフィッツジェラルド本人のことを言っているのだが、急速に訪れた成功によって人は何かをその代償として失ってしまうということだ。まさにフィッツジェラルド的人生観であるが、それは同時にジャズ・エイジの特徴でもあったのだ。

フィッツジェラルドはこのエッセイの中で、自分の人生を次のように振り返っている。

非常に若い時期の成功の代償は、人生がロマンチックなものだと信じてしまうことである。最もいい意味に解釈すれば、若いままでいられる。恋愛と金銭という一番の目的が当然のように手に入り、心許ない名声が魅力を失った時、私は海辺にとどまって、いつ終わるとも知れないお祭り騒ぎを求めて、かなりの年月を費やしたが、そうした時期を全く後悔はしていない。二十代半ばの頃に、私は断崖沿いのコルニッシュ道路を車で走ったことがあった。眼下の海の上には、黄昏にきらめくフレンチ・リヴィエラの街全体が見えた。前方の彼方に見えるのはモンテ・カルロ。[……] モンテ・カルロ——その名前だけでもう抗しがたいほどの魅力をもっているわけで、私などはただ車を止めて、伝言ゲームのように、「ああ、すごい、ああすごい」と呟くしかなかった。けれども私が見ていたのは、モンテ・カルロではなかった。心は、靴底にボール紙を入れたあの青年に戻って、ニューヨークの通りを歩いていた。私はまた彼になっていた――そして一瞬にして、私は彼と夢を分かち合って巨万の富を得、自分自身の夢はもうなくなった。それでもまだ、秋のニューヨークの朝や、隣の郡で犬が吠えるのが聞こえるほど静まりかえっているカロライナの春の夜に、彼のところにそっと忍び寄り、彼を驚かせることがある。けれども、若い頃の私と今の私が一つになるごく短い時間は、もう決して起こらないだろう。満たされた未来と、懐かしい過去が混じり合った、ごく短い贅沢な瞬間――その時まさに、人生は一つの夢だったのだ。

どこかディック・ダイヴァーの人生と重なるところがあるようだ。彼も人生を「ロマンチックなもの」と捉えてしまったのだ。それは現実というものから目をそらしてしまうという意味においてだ。恋愛と金銭を一緒くたにしてしまったのだ。夢がまだ夢であったさらに若い頃の自分は遠い過去へと消え去ってしまった。もうその頃の自分に会うことも叶わない。たとえ一瞬でもその過去の自分と今の自分が再会できる瞬間があれば、人はずっと夢を夢として持ち続けられるのかもしれない。そしてそれを原動力として未来に向かって歩き続けられるのだ。そんな瞬間がもはや持てなくなってしまった今、人はただ現実の中で空っぽの自分を生きるしかない。

感情が枯渇してしまった現実の中、人が自分だけの幻想の世界を大切に守ろうとするのは当然のことだろう。そこを拠点に常に生きるしかないのではないだろうか。それは誰にも侵入できない場所だ。ディックのビーチのように。それを現実逃避と呼んで非難することは簡単だ。しかし、我々はみな多かれ少なかれそういう聖域を大切に持っている。そうでなければ生き続けることはむずかしい。眩しすぎる現実にカーテンを下ろして、その自分だけの世界に入り込む時間を持たなければ壊れてしまうのだ。人は誰しも、かたちを変えたビーチを持っている。それは生きていくためのエネルギーなのだ。それは『ミッドナイト・イン・パリ』のギルが、あの二〇年代にタイムスリップした夢のような瞬間と同様のものだ。

崩れ去った正気と狂気の境界線

最後に落ちぶれてしまったディックの姿は人ごとではない。それは我々読者の多くとも重なる。『ノルウェイの森』のワタナベが自分の居場所がわからないのと同様、我々はいったんパラソルの下から外に出ると常にさまよいながら歩いて行くしかないのだ。それを一概に堕落と呼ぶのは残酷だ。それはある意味で宿命なのだ。純粋であればあるほど、それは宿命として我々に迫ってくる。我々は、無意識のうちにでも、過去のどこかの時点に理想の世界を作り上げて生きている。過去は取り戻せない。当然のことだ。しかし、その原点、あるいは定点のようなものを持つことは罪ではないのではないだろうか。それで生き続けることができるのであれば許されるはずだ。

ディックはニューヨーク州のどこかを転々としながらも、常に自分のビーチを思いながら生き続けるに違いない。彼は堕落したのではない。本来の自分に戻っただけなのだ。あのリヴィエラの太陽の下の世界は、自分が創り上げた幻想だったのだ。将来の生きる糧となる栄養だったのだ。彼の創り上げた世界は、きらびやかな外見だからこそより哀しいのだ。

ジェラルド・マーフィーがフィッツジェラルドへの手紙の中で言っているように、まともな人間はそうして生きるしか方法はないのだ。そうでないと現実に押しつぶされてしまうからだ。精神を病んだ者を治療する立場の人間が壊れていくという皮肉な状況が『夜はやさし』には描かれている。ジャズ・エイジはまともな人間がだめになっていくという逆転現象をもたらした。それはサン・ラザール駅の銃撃事件やエイブ・ノースの変貌ぶりに顕著に見られることだ。そして、何よりもディック・ダイヴァーがその最たる例ではないか。正気と狂気の境界線は崩れ去ったのだ。

『グレート・ギャッビー』の中で、東部から中西部に戻ったばかりの頃のニックは、「いっそのこと世界が軍服を身にまとい、いつまでも道徳的に気をつけの姿勢をとっていればいいのにという心情にさえなっていた。人間の心根を高みから偉そうにのぞき込むような、派手ばでしい浮かれ騒ぎにすっかり食傷していたのだ」。それはつまり、この時代のアメリカのあまりの堕落ぶりに辟易していたということだ。それほどニックが体験した東部の世界は道徳的に乱れていた。何もかもが常軌を逸していたのだ。

これと同じ思いをディックも抱いていたはずだ。ニックはなんとかそこから抜け出してきたが、バズ・ラーマン翻案の映画『華麗なるギャッツビー』（二〇一二）に描かれているように、サナトリウムに入らなければならないほど彼の心は傷ついていた。ディックはその渦に呑みこまれたあげく、抜け出してきたというよりは弾き出されてしまったのだ。世の中は、ニックやディックが思うほど、美しい場所ではなかったのだ。「ヴィンセント」のメロディーが哀しく響く。皮肉なことに、精神科医であるディックが最後は、この映画の中のニックと同様、サナトリウムに入る必要のある患者の立場になりはててしまったようだ。なんとも哀しい結末だ。

落差の激しい物語

『夜はやさし』は実に落差の激しい物語だ。それは空前の好景気から奈落の底へと落ちていった大恐慌という時代背景をそっくりそのまま象徴しているかのようだ。ディックの人生は、ある意味、ギャッツビーのそれに似ている。二人の末期はあまりにもみじめだ。若きエリートとして期待されていた精神科医の堕落した状態は、ギャッツビーと同様、死に等しいかもしれない。

「ジャズ・エイジ」と呼ばれた時代のアメリカでは、株価と同様に、すべてが危険なくらいに上昇していた。その戦後のスピード感とともに、まるでジャズの音楽のような軽快で浮かれた時代だった。その中で人々は、強欲な資本主義に裏打ちされながら、何か大切なものを見失っていくのであった。それを静かに、必死で訴えようとしたのがギャッツビーであったが、その声はほとんどの人々には届かなかった。その理念は崇高でありながら、夢の実現の手段として実は自分自身も時代の波にどっぷりと浸かってしまっていることに気づかなかった。

ディックも大西洋の向こう側で同様の人生を歩んだのだ。彼にもギャッツビー的な要素は備わっていた。資本主義の化身ともいえるニコルとの結婚によって食い物にされていった彼だが、彼の失敗の原因はどこにあるのだろうか。その答えはギャッツビーにある。つまり、ギャッツビーがデイジーの声にお金の響きを感じたのと同様に、ディックもニコルの金によって狂わされてしまったのだ。

貧しい教区で苦闘する父親を見ていたせいで、生来は欲のない性格に金への欲望が絡みついた。それは、たんに安穏と暮らしたいという健全な欲求とは違う——ニコルと結婚したあのときほど、確かな自分を、何者にも支配されない自分を身のうちに感じたことはなかった。なのにいつの間にかジゴロのようにのみこまれ、どういうわけか、手持ちの武器をすっかりウォーレン家の地下金庫室に預けて鍵をかけられてしまった。

自分を「ジゴロ」と呼ばなければならない状況にまでディックは追い込まれている。それでも、その自分の魂を救うために彼は自問する。どこで自分はおかしくなり始めたのだろうと。

あれはいつのことだったのだろう、どの日、どの週の、どの月、どの年のことだったのだろう。かつてのおれは目の前の困難を切り裂いて進んでいた。どれほど複雑な方程式も、単純きわまりない患者の単純きわまりない問題のように解決していた。チューリッヒ湖畔の岩陰に花咲いているニコルを見つけたときから、ローズマリーに出会った瞬間までのどこかで矛先が鈍ってしまったのだ。

ディックはなんとか自分を立て直そうと必死に考える。「金持ち相手に礼節のイロハを教えて八年も無駄にしてしまったが、ぼくはまだ終わってはいない。使える切り札なんて手もとにいくらでも残ってる」。そう考える彼だったが、実際は思った以上にウォーレン家の世界に足を突っ込みすぎてしまっていた。もう元には戻れないところまで来てしまったのだ。今や彼にできるのはきれいな女との情事への思いに悩まされることだけだった。

ジャズ・エイジの弱点

ジャズ・エイジという時代には大きな弱点があった。だがそれを多くの人々は見抜けなかった。外見の華々しさに包まれて、その本質が見えなかったのだ。内部で少しずつ広がる亀裂はやがて取り返しのつかない破滅をもたらすこととなった。ギャツビーにもディックにも引き返すチャンスは何度かあったはずだ。前述したように、一人で天へと続く梯子を登っていれば運命は変わっていたに違いない。ディックはそもそもニコルを常に患者の一人として捉えていれば事態は大きく変わっていたはずだ。仕事と女を一緒にしてしまったことが彼の最大の失敗の要因であった。それらは分けて考えるべきものであったにもかかわらず、両立できると錯覚したことである。最初から彼女の金が目当てであったわけではないが、徐々に彼女の財力に頼っていくようになる。ギャツビーとディックの二人はこの時代の金の力には勝てなかった。理想を実現するための手段とはいえ、結局はその魔力に屈してしまったのだ。

『夜はやさし』はきらびやかで哀しい時代のアメリカ人の物語だ。しかし、その主人公のディック・ダイヴァーは現代を生きる我々にとってもごく身近な存在なのだ。彼は姿形を変えて我々のすぐそばにいる。

第六章　アメリカ人特有の思い上がりと傷つく人々

『グレート・ギャツビー』から『夜はやさし』へ

拙著『「グレート・ギャツビー」の世界』では、語り手のニック・キャラウェイをギャツビーの夢の後継者として捉えた。そのことには今も確信を持っているが、彼はギャツビーの名をタイトルに掲げた小説を書くことによって自身に課せられた使命に気づいていったのである。つまり、彼が再び真の意味でのギャツビーの後継者となるには小説を書き終えるまでの時間が必要であったということになる。言い換えれば、東部に幻滅し、中西部に帰ることを決意した段階ではまだそういう境地には達していなかったということだ。

それは、バズ・ラーマン監督の映画『華麗なるギャツビー』を観て改めて気づかされたことであるが、ミネソタに帰ることを決意し、実際に戻ってはみたものの、彼はどうしても東部での悪夢を振り払うことができなかったのだ。原作にはニックがサナトリウムに入ることになったという記述はもちろんないが、バズ・ラーマンの翻案ではニックが『キャッチャー・イン・ザ・ライ』のホールデンと同様の心的状態にあったことがほのめかされている。つまり、彼はそれほどまでにまわりの人間を信じることができず、深く傷ついていたのだ。その証拠に、先にも引用したように、ニックは物語の書き出しのところで、世の中が「いつまでも道徳的に気をつけの姿勢をとっていればいいのに」と嘆いている。それは彼が東部から戻ってきた「昨年の秋」のことだ。ただ、「本書の題名に名前を使わせてもらったギャツビーという人物一人だけが、そのような僕の思いから外れたところに位置している」と記している。

このことからわかるのは、彼はミネソタに戻った直後はしばらくのあいだ東部での体験にうんざりした気持ちでいっぱいだったということだ。ただ、ギャツビーだけがその例外としての扱いを受けている。そこでニックはこの男を主人公に据えた小説を書きはじめたのだ。それにしてもなぜニックはギャツビー以外の人間を信じられなくなってしまったのだろうか。何が彼をそこまで追い詰め、傷つけたのだろうか。

それは間違いなくトムやデイジーたちの態度が原因となっている。それ以前から東部の社会には何となく違和感を抱いてはいたものの、ギャツビーが殺されたあと、それは決定的なものとなったのだ。

> 僕には彼を許すこともできなかったし、好きになることもできなかったけれど、少なくともトムにとっては、自分のなした行為は完全に正当化されているのだということがよくわかった。すべてが思慮を欠き、混乱の中にあった。トムとデイジー、彼らは思慮を欠いた人々なのだ。いろんなものごとや、いろんな人々をひっかきまわし、台無しにしておいて、あとは知らん顔をして奥に引っ込んでしまう——彼らの金なり、測りがたい無思慮なり、あるいはどんなものかは知れないが、二人をひとつに結びつけている何かの中に。そして彼らがあとに残してきた

混乱は、ほかの誰かに始末させるわけだ……

彼と握手をした。握手を拒むのも大人げないことに思えてきた。僕はふとこう感じたのだ。自分が話している相手は、子供みたいなものなんだと。

こうしたトムやデイジーの無分別さを目の当たりにしたニックの心の傷はあまりにも深いものであったのだ。ニックにとって、トムは大学時代の友人であり、デイジーは又従兄弟にあたる。そうした間柄であるだけに、その失望は計り知れないものだ。ギャツビーという人物と知り合い、彼をより深く理解することにより、それまで気づかなかったトムやデイジーの傍若無人ぶりにうんざりするのである。彼らはまさしく「思慮を欠いた人々」、あるいは脳天気そのものといった人々であり、それ以外の何物でもなかったのだ。

ただ、ここで忘れてはならないのが、トムたちの無分別な振る舞いは、彼らだけに限られたことではないということだ。彼ら旧移民は、多かれ少なかれ、新移民たちに対してこうした態度を平気で取ってきたのだ。それはつまり、人種の違いや階級差といったことを意識しているということである。利用できるところは徹底的に利用し、用が済んだら何事もなかったかのようにそこを去っていく。後始末も何もしないどころか、それを人にやらせるのである。こういう人種が社会の体制側で幅をきかせていることにニックは我慢がならなくなったのだ。

ニックとホールデン

バズ・ラーマンはニックをサナトリウムに入れることによって、ニックの体験をホールデン少年のそれと同等のものとして扱おうとしている。十代の少年として、彼は社会がいかにいい加減なものであるかを実感し、それを"phony"(「インチキ」)という言葉で表現するわけだが、そうして傷ついていく彼の姿はニックにも重なるところがある。傷ついたニックが、ギャツビー邸の階段に書かれた落書きを消す場面は、ホールデンの同じ行為を思い出させる。

僕はべつの階段を下りたんだけど、そこの壁にもまた「ファック・ユー」っていう落書きがあった。また手でこすって消そうとしたんだけど、それは刻み込んであった。ナイフとかそういうものを使ってね。だから消せなかった。どのみちきりがないんだ。たとえ百万年かけたところで、君には世界中にある「ファック・ユー」の落書きを半分だって消すことはできないんだからさ。要するにさ、そんなことできっこないんだよ。

消しても消してもどこまでも落書きは追いかけてくる。そうしてホールデンが社会に絶望していったように、ニックの心の傷もここで頂点にさしかかっていたに違いない。

最後の夜、トランクに荷物も詰め、自動車も食料品店の主人に売り払ってしまったあと、僕は隣家に足を運び、そのとりとめもない巨大な廃墟をもう一度しげしげと眺めてみた。白い階段に卑猥《ひわい》な落書きがあり、それが月光にあられもなく照らし出されていた。子どもたちの一人が煉瓦のかけらを使って書きつけたのだ。僕は靴底で石の上をこすり、落書きを消した。そのあと海岸に降りて、砂の上に仰向けに寝ころんだ。

「誰も彼も、かす、かすみたいなやつらだ」というニックのせりふもホールデンを思い出させる。さらに、「みんな合わせても、君一人の値打ちもないね」という部分も、どこかホールデンと妹のフィービーの関係を思わせる。要するに、ニックとホールデンはそれぞれギャツビーとフィービー以外の誰も信じることができなくなってしまっているのだ。

この時ニックにとっての東部は、まさに悪夢以外の何ものでもない存在と化していた。ギャツビーの死後、そこは「うす気味の悪い場所になりはててしまった」のだ。それはもはやすべての魅力を失ってしまった場所だった。一度は憧れを抱きながら移り住んだ場所だっただけに、ニックにとっては何よりも悲しいことであったはずだ。彼は精神的にまさにずたずたの状態になっていたのだ。あとになって振り返ってみれば、ニックにとっての東部は最初からどこか歪んで見えていたと証言しているが、今まさにそれが決定的なものとなったのだ。

僕が東部に文字通り夢中になっていたときもあった。オハイオ川以西の、とりとめもないかたちに膨張した退屈きわまりない町々（そこでは子供とまったくの老人だけを例外として、すべての住民に対して窮屈な監視の目が注がれている）に比べて、東部はなんとまともなところなんだろうと素直に感服した時期もあった。しかしそんなときでさえ、その土地には何かしら歪められたものがあるように思えたものだ。

「あの日の午後、ウィルソンに何を言ったんだ？」というニックの問いに対し、トムは「本当のことを教えただけだ」と答える。トムはウィルソンに、彼の妻マートルをはねた黄色い車の持ち主はギャツビーだと教えたのだ――「もしあの車の持ち主が誰か教えなかったら、ウィルソンはきっと僕を殺していただろう」。つまり、彼は自分を守り、ギャツビーを犠牲にしたのだ。ただ、トムがほんとうのことを言ったことは確かだ。車の持ち主という点に関しては。デイジーが運転していたことを知っていたか知らなかったかは別にして、そのことには触れず、ギャツビーが運転していたことになっている。つまり結果的に、トムが人を介してギャツビーを殺させたことになる。このことが何よりもニックを傷つけた。おまけに、トムは「僕だってそれなりの傷は負ったんだ」とあくまでも自分中心にしか考えていない。このように、間接的とはいえ殺人に加担しておきながら自分を正当化するトムの態度に、ニックは耐えられなかったはずだ。

ニックはギャツビーから事故の真相を聞かされたとき、こんなことを考えている。

新たな視点がそのとき僕の中に生まれた。もしトムが、運転していたのがデイジーだということを知ったら、いったいどうなるだろう？　彼はそこにある種のつながりを見いだしたような気になるかもしれない――何をどう結びつけていくかわかったものではない。

この「新たな視点」とは何か？　ニックはここである不安を抱きはじめていることは確かだが、それは結局はトムの悪意、あるいは陰謀につながることだ。バズ・ラーマンが描いたように、愛人の精算をギャツビーに押しつけた形にするといったような筋書きを思いついたということになるのだろう。事故をきっかけに「ある種のつながり」を見いだし、それを巧妙に利用していくトムの策略をニックはここで察知したのだ。

ニックの幻滅

トムとデイジーの関係は不安定なように見えて、実はある部分でしっかりと強固につながっている。

彼らは幸福そうには見えなかったし、二人ともチキンにもエールにも手をつけなかった――

とはいえ、どちらもとくに不幸とも見えなかった。その構図には、見違えようもない自然な親密さがうかがえたし、それを見た人は誰しも、この二人は今何ごとかを共謀していると考えたことだろう。

このように二人は「自然な親密さ」、つまり特別な何かでつながっているのだ。それは血統や階級といった種類の何かであり、「要するに我々は北方人種なんだ」というトムのせりふに集約されるものだ。トムに言わせれば、彼ら北方人種が「文明の礎となるすべてのものごとを創り出してきた」のだから、「支配民族」としての結束を保たなければならないということになる。そう彼は訴えているのだ。もしトムが運転していたのは自分の妻だという真実をウィルソンに告げていたら、ギャツビーは殺されずに済んだだろう。それを思うとニックの心の傷は言語に絶する。

ギャツビーの死後、ニックは「ギャツビーにつき添っているただ一人の人間になっていた」。誰一人として彼の死を正面から受け止めようとするものはいない。彼に関心を抱いている人間は誰もいなかったのだ。

ここで言う「関心」とは、人はたとえ誰であれ、その人生の末期において誰かから親身な関心を寄せられてしかるべきだという意味合いにおいての関心のことである。明言されておらずとも、それは人たるものの固有の権利ではあるまいか。

このように考えるニックは、ギャツビーに対して関心を寄せるものが誰もいないという現実をどうしても受け入れることができなかった。そんなニックの倫理観のかけらも持ち合わせないのがトムとデイジーだ。彼らは何ごともなかったかのように平然と旅に出てしまったのだ。ここまでくれば、もはや憤りを感じるほうが大人げないとさえ思えてくる。だからニックは最後にトムの握手に応じるのだ。

ニックには「ギャツビーの抗議の声」が聞こえていた――「ねえ、オールド・スポート、僕のためにまともな弔問客を連れてきてくれ。頼むから、誰か見つけてきてくれないか。こんな風に一人で置かれちゃたまらないよ」。おそらくギャツビー自身はこんなふうに考えることはなかっただろうと思われるが、そのことは別にして、ニックにこうした幻の声が聞こえてくること自体、彼がすでに深く傷つき、誰も信じることができなくなりつつあったことの証明だと言える。

弔問客はおろか、電報さえも来ない。葬儀にも誰もやってこない。来たのはギャツビーの父親とパーティーでギャツビーの蔵書を褒めた謎の「フクロウの眼鏡の男」だけ。これほどニックにとって信じられない事実があるだろうか。結局、生前彼のもとにやってきていた連中や仕事仲間は「ギャツビーをいいように食い物にしていた」だけであり、「彼の夢の航跡を汚すように浮かんでいた、醜い塵芥《ちりあくた》」同然だったのだ。最後に信じられる人間がギャツビーただ一人しかいなかったことに気づいたニックの幻滅は想像を絶するものであったに違いない。

ニックは、ギャツビーが殺され、その犯人のウィルソンが自殺をしたことを「ホロコースト」と呼んでいる。これは「大量虐殺」を意味する言葉であり、かなり大げさな表現だが、彼にとってはそれほどの重みをもつ事件だったのだろう。また、ギャツビー邸でのパーティーがもう催されることはないにもかかわらず、そのことを知らずにふらりとやってきた客を目にしたときにも、「あの大事件」を知らなかったのだろうと表現している。彼にとってギャツビーの死は、まわりの人間たちとは正反対に立ち直ることもできないほどの衝撃的なものであったことがわかる。

このようにしてニックはひとり取り残された状態となるのだが、ジョーダンの存在はどうなっていたのだろうか。ニックが東部にやってきて以来、少なくとも二人はそれなりの関係であったはずだ。トムとギャツビーがデイジーをめぐって演じたニューヨークのホテルでの修羅場からロング・アイランドに戻る段階では、ニックはまだ彼女に何かを期待していたようだ。それは、「この女はデイジーとは違い、ずっと昔に忘れられた夢を、時代が変わってもひきずりまわすような愚かしい真似はするまい」と考えていたからだ。しかし、それも最後には大きく変化していく。

事故現場からトムの自宅に着いたとき、ニックは中に入るようにと勧められるが、それをきっぱりと断る。

何があろうと家の中になんか入りたくなかった。今日のところ、誰も彼ももううんざりという気持ちになっていた。そしてふと気がつけばその「誰も彼も」という中にジョーダンも含まれていた。

その少し前には自分にはジョーダンがいると思って安心感を得ていたのだが、この段階では彼女にもうんざりしていることに気づいたのだった。ニックが東部をあとにする直前、ジョーダンは彼にこういう。

「不注意な運転をする人が安全なのは、もう一人の不注意なドライバーと出会うまでだって。それでどうやら私はもう一人の下手なドライバーに出くわしたみたいね。そう思わない？　こんな的はずれな思いこみをするなんて、不注意だったわ。私はね、あなたは正直で曲がったところのない人だと見ていた。そしてあなたもそのことを密かに誇りにしていると思っていた」

彼女は自分の不注意さを棚に上げて、最後はすべてを相手のせいにして責め立てている。結局はジョーダンもトムやデイジーと同類であったことがわかるのだ。ニックはそれに対して「僕は三十歳になった」と応える。「自分に嘘をついてそれを名誉と考えるには、五歳ばかり年を取りすぎている」という。ジョーダンとは違い、自分に嘘はつきたくないニックは、何も言わない彼女をあとに、「怒りを感じながら、半ば彼女に気持ちを惹かれながら、そして何よりも心から気の毒に思いながら」その場を去っていく。こうしてニックはジョーダンに別れを告げたのだった。彼女への未練を残しつつも、不注意な人間に不注意だと言われる屈辱に怒りを覚えながらも、ニックは最後にはそんな彼女を哀れにさえ思っている。これも最後に仕方なくトムと握手をしたときと同じような心境だったのだろう。

東部上流社会との決別

東部上流階級の無分別な態度は、とある日曜日、トムら三人連れがポロの帰りにふらりとギャツビー邸に立ち寄るところにも見られる。その中の女性が急に思い立ってギャツビーをディナー・パーティーに誘うのだが、彼らはギャツビーが準備をしている間に、本人ではなくその場に居合わせたニックに、急ぐからと言って立ち去ってしまう。彼らはそういうふうに人の気持ちを平気で踏みにじることができる種類の人々なのだ。それとは対照的に、ギャツビーは「人としてまっすぐ」であったとニックは断言する。ニックから見てそんなギャツビーを平気で裏切った人々が許せるわけがない。彼の心的外傷には計り知れないものがある。彼の体験はいわゆるPTSDとしてよみがえっても決しておかしくない種類のものである。

ホールデンと同様、東部の世界を全否定して戻ってきたニックは、バズ・ラーマンの解釈のようにしばらくは立ち直るのに時間がかかった。野中柊はホールデンに関してこう言っている――「世界を肯定する力の源泉は、実は、世界を徹底的に、ごまかしなく、こてんぱんに否定した、その先にあるのかもしれない」。確かにニックも全否定のあとに肯定する力を得たと考えることもできるだろう。ギャッツビーの物語を活字にする作業の中で。

ニックはギャッツビーにつきまとう塵のような余計なものに気を取られ、人間の「果たされることなく終わった哀しみ」や「短命な至福」というものに対して、「一時的にせよ［……］心を閉ざ」していたのだった。ここでいう人間の哀しみや至福とは、明らかにギャッツビーのように人としてまっすぐに生きている人々の営みのことを指しているのだろう。

ニックを深く傷つけた「思慮を欠いた人々」の姿勢はその対極にあるものであり、結局はアメリカ特有の思い上がりとして、世界の他の多くの国々に対しても取ってきた姿勢と何ら変わりはない。それは「明白な運命《マニフェスト・デスティニー》」というイデオロギーのもとでのアメリカ先住民の虐殺とその土地の搾取、あるいはまたヴェトナムへの軍事介入などと同列にあるものだ。すべては民主主義、人権等の名のもとに、いかなる状況においても、自分たちを正当化するアメリカの姿勢がそこにあるのではないだろうか。自己正当化、それによって自分たちの罪は簡単に忘れ去られてしまうのだ。

彼らアメリカ人はけっして謝るということをしない。常に自分たちが正しいという前提で物事を処理しようとする。ニックは東部での体験を通して、こうしたアメリカ社会の歪みを学んだのではないか。自分の憧れた東部が、そしてさらには自分の国アメリカがこうした思慮を欠いた人々であふれていることに彼は愕然とするのだ。そこから立ち直るのは決して容易なことではなかったはずだ。

それでも、時間をかけ、ギャッツビーとの体験を振り返りながら活字にしていくことで、最後にはギャッツビーの夢はまだ実現可能なのだと信じ、また明日に向かって走ろうという姿勢を取り戻すのだ――「そうすればある晴れた朝に――」

終章　終わらないジャズ・エイジ

イースト・エッグとウェスト・エッグ

「ジャズ・エイジ」とは結局なんだったのだろうか？　アメリカの二〇年代にその名を与えたフィッツジェラルドは、ジャズ・エイジは一九二九年の一〇月に終わったとしている。彼は「ジャズ・エイジのこだま」の中で、「この十年にわたる一時代は、時代遅れと言われながらベッドの上で死を迎えるのがいやであるかのように見事な飛び降り自殺を図った」という表現を使っているが、それはつまり大恐慌によって一気に終焉を迎えたということになる。しかし、果たしてそれは本当にそうだろうか。ジャズ・エイジはそれほどあっけなく終わってしまったのだろうか？　いや、その判断はあまりにも早急すぎたのであり、実はほんとうのジャズ・エイジはそこから始まったというべきなのである。そしてそれは今日も続いている。「分断」という形で。

一九三一年に発表されたこのエッセイの中で、フィッツジェラルド本人も認めているように、ジャズ・エイジの全体像を語るにはまだ早すぎたのだ。確かに、その段階においては、それはいったん大恐慌とともに終わったと見えたに違いない。しかし、今日的な視点からすれば、それは死を迎えることなくずっと続いていたのであり、現代社会においてますますその特徴が顕著になっているとも言えるのだ。ジャズ・エイジからほぼ百年、二一世紀に入ってその五分の一が過ぎようとしている現在、アメリカのトランプ政権の誕生以来、一九二〇年代的特徴が再び明確になってその姿を現してきたと言える。しかも、その傾向はアメリカに留まらず、イギリスのEU離脱《ブレグジット》やヨーロッパの他の国々をも含めた移民の排斥運動にも現れている。

それはつまり今になって現れてきたものではなく、その傾向はずっと以前からアメリカ社会に見られるものであったのだ。「分断」という現象を考えるとき、まず思い浮かぶのが、『ギャツビー』に描かれた「イースト・エッグ」と「ウェスト・エッグ」である。旧移民と新移民の関係については、拙論「ピューリタニズムからマルティカルチュラリズムへ」で詳しく論じたように、『ギャツビー』の舞台となる「イースト・エッグ」と「ウェスト・エッグ」の二つの卵形の集落《ヴィレッジ》にそれぞれの移民が別れて住んでいるという設定になっている。つまり、東には旧移民、西には新移民が居を構えている。前者にはトムとデイジーが住み、後者にギャッツビーが住んでいるという設定だ。

この何でもないような二つの小さな半島がわずかばかりの入り江を挟んでロング・アイランド海峡に突き出しているという設定には、実は大きな意味が潜んでいるのだ。それはアメリカのエスタブリッシュメントとしての東部、そして開拓者たちによって切り開かれていった西部の縮図であり、言い換えれば旧移民と新移民の明確な区別が見られる場所でもあるのだ。その違いは、ニックが詳細に記しているギャッツビーのパーティーへの参加者の名前からも判断できる。彼はその名前を列車の時刻表に書き留めているのだが、この名前のリストが実に大きな意味を持っている。つまり、その名前によって旧移民か新移民かがわかるのである。

この二つの「村」を比べると、イースト・エッグのほうがウェスト・エッグよりも「高級感」があり、上流の人々が住んでいるとニックは説明している。パーティーにやってきたそれぞれの村の人々は、表面的には融合しているかに見えるが、実際は決して混じり合うことはない。そこには明確な境界線が引かれているのだ。つまりは分断が見られるということだ。東からやって来た人々はその「同質性」を堂々と誇示する人々なのだ。

乱れたところは露もなく、全員が威厳ある同質性を維持していた。ウェスト・エッグを一段見下ろす高雅にして謹厳なるイースト・エッグという役まわりを、彼らは進んで担っていた。郊外生活のお手本を示そうというわけだ。そしてまわりのにぎやかなお祭り騒ぎに巻き込まれまいと、怠りなく心を引き締めていた。

一方、西からやって来た人々はというと、いくつかのグループを形成してはいるが、その「グループはより活発にかたちを変えていく。新来の客で膨らむが、するりとほどけ、また瞬時にかたち作られる」。フィッツジェラルドは、こうした状況を「渡り歩き《ワンダラー》」と表現している。同じパーティーの参加者でも、二つの半島の住人にはこうした違いが見られるのだ。そこにはまさしく旧移民の威厳と新移民のバイタリティーが見て取れるのだが、旧移民側には新移民を受け入れる姿勢はなく、ギャツビーのように、そのサークルに入り込もうとするものがいれば、たちまちのうちに排除してしまうのである。要するに、彼らは「思い上がった人々」であり、西側の人々を平気で傷つけるのである。

それは明らかに人種差別であり階級差別でもある。『ギャツビー』に見られるこうした現象は二〇年代だけのものではなく、その後もしっかりとアメリカの土壌に染みこんだまま続いてきたのだ。つまり現在のトランプを大統領に選んだアメリカの状態は、二〇年代への逆戻り現象だと捉えることができる。この時代に白人優越主義集団であるKKK（クー・クラックス・クラン）が最大の勢力を保っていたことを考えると、今またそうした主義を唱える人々がよみがえってきたと言えるのだ。社会が「政治的に正しい《ポリティカリー・コレクト》」方向に向かう中で影を潜めていた人々が、トランプの登場によって、再び自分たちの立場を主張し始めたのだ。それは、結局はアメリカがもともとそういう土壌の国であったということになる。

消されたジャズ

ジャズ・エイジをその華やかな文化的側面からだけ眺めるのではなく、その裏側の影の部分にも目を向けたとき、ジャズが人種差別としての要素を多分に含んでいたことが明らかになってくる。拙論「フィッツジェラルド『グレート・ギャツビー』が描いたアメリカ社会」で詳しく論じたように、音楽としてのジャズは白人に搾取され、その創始者である黒人は消される運命にあったのだ。その後の歴史においても、ジャズのみならず、ブラック・ミュージック全体がことごとく白人によって搾取され、その存在を真に認められるにはかなりの時間がかかったことも事実である。

消される黒人といえば、『夜はやさし』においても同様の場面が描かれている。それは第一巻の終わり（二三章〜二五章）にかけて登場するジュールズ・ピーターソンだ。ここで、エイブは実はアメリカに帰国したのではなく、まだパリにいることが判明する。サン・ラザール駅で別れてからたったの「二十四時間でさらに何ヶ月も年をとったように見える」彼は、モンパルナスである騒動に巻き込まれ、困った立場に追いやられていた。彼は「たった一時間のうちに、ラテン地区に居住するアフリカ系ヨーロッパ人一人、ならびにアフリカ系アメリカ人三人の、私生活、良心、感情を、ものの見事にもつれさせ」るという事態を引き起こしてしまった。そこで、「いわば白人を救った友好的なインディアンという役回り」を演じたのが、ストックホルムから来たピーターソンという黒人だった。その結果、他の黒人たちを裏切ることになった彼は、そのアメリカの黒人たちに追われる羽目に陥り、エイブに「できるかぎりの庇護」を求める必要が出てきたというわけだ。ピーターソンを伴ったエイブは、ローズマリーの部屋で密会中のディックに助けを求めてやってくる。

そこで一行はダイヴァー夫妻の部屋に移り、ディックはエイブから事情を聞く。このとき事件は起こる。気を利かせて部屋を出たピーターソンは、その直後ローズマリーの部屋で殺されていることが判明する。ディックと別れて部屋に戻った彼女は、「自分のベッドに黒人の死体が横たわっているのを発見」するのである。このあとのディックの行動は実に冷静である。まず、「エイブの敵対的インディアンその一が友好的インディアンの跡をつけてきて、廊下でその姿を発見し、後者が逃げ場を失ってローズマリーの部屋に駆け込んだところを追いつめて殺害した」と判断した彼は、即座にローズマリーの立場のことを考え始める。

この状況を自然の成り行きに任せて放っておけば、この世のいかなる力をもってしてもローズマリーに傷がつくことは避けられない「……」。ローズマリーの契約は、ただひたすら、例外の余地なく、「パパのお気に入り」であり続けるという義務を前提にしているのだ。

このように、ディックは白人であるローズマリーの女優としての立場が汚されないように守ることしか考えてはいないのだ。人が一人殺されたという深刻な事態にもかかわらず、ディックはこの事件を「ただの黒《ニガー》ん坊のけんか」だとして、ホテルの経営者の協力を得て、平然と事後処理を進めていく。こうして事件は何事もなかったかのように闇に葬り去られてしまうのだ。

そもそもホテルの経営者の協力をたやすく得られたのも、「かねてから余分な努力を払ってまで」その「間柄をしっかり固めておいた」からであった。彼には常に「人を喜ばせたい衝動」があったが、それがここで大いに役立ったというわけだ——「二度と通ることもなさそうな広範な地域にばらまいてきた好意の数々……」

このように、誰にでも共感を寄せるディックが、ピーターソンという黒人に関してはいっさいその優しさを示してはいない。最初に彼に会ったときも、「丁重な態度で」接するものの、その興味はすぐに消えていった。『ギャツビー』の場合と同様に、フィッツジェラルドは黒人の存在をことごとく消していくのだ。その目は白人にしか向いていないと言われても仕方がない。ただ、そこにも彼の意図があってのことだと解釈するのが妥当だろう。つまり、アメリカ本国におけるジャズ・エイジの人種差別的傾向が、海を渡ってここフランスにも持ち込まれていたことを表しているのだ。

最初にピーターソンが、エイブを探してアメリカ人専用のバーにやって来たとき、彼は黒人だということで中に入ることを拒否されている。これはパリ全体がそうであったということではなく、そこがアメリカ人のための店であったからである。音楽としてのジャズは、フランスを中心にその市民権を確立したが、ジャズ本来の意味合いにおいては、やはり同じ偏見をアメリカからヨーロッパに持ち込む結果となってしまったようだ。つまり、ネガティブな意味でのジャズ・エイジが海を渡ったことになる。

フィッツジェラルドのジャズとジャズ・エイジ

ジャズをマイノリティーの悲痛な叫びが音楽化されたものとして捉えるとき、アメリカ社会はそれをどう受け入れてきたのだろうか？　それはエンタテインメントの部分だけを搾取し、その当人たちの訴えには耳を貸さなかったと言わざるをえない。こうしてみると、フィッツジェラルドにとってのジャズ、あるいはジャズ・エイジとは、音楽そのもののことを指しているのでもなければ、また華やかな雰囲気を醸し出す文化的側面のことを指しているのでもない。彼が最も意識したのは、アメリカにおける差別という実態だ。それが、ジャズという形で作品に投影されているのだ。

では、そもそもなぜフィッツジェラルドは「ジャズ・エイジ」という概念を持つに至ったのか。その答えは、彼の生まれ故郷であるミネソタ州セント・ポールに見いだすことができる。彼が生まれたアパートの建物は今も存在しているが、その場所は微妙なところに位置している。すぐ近くにあるサミット・アヴェニューは全米でも有数の高級住宅街として知られた場所である。彼の生まれたローレル・アヴェニューはそのすぐ近くに位置しており、幼少期のフィッツジェラルドはこの富裕層の人々の生活を毎日のように目にしながら成長していったのだった。当然、子ども同士の交流もあったに違いない。

しかし、後になってフィッツジェラルドはあることに気づくのだ。それは、交流はあっても、彼はそこには属してはいないという事実だった。こうした微妙な位置関係が後の作家としてのフィッツジェラルドに大きく影を落とすこととなるのだ。すぐ近くにいながら、そこには含まれていないという現実。目の前にありながら、実は手が届かないという状況。こうしたマージナルな位置に彼は置かれていたのだ。幼い頃のギャツビー、つまりその本名であるジェイムズ・ギャッツが憧れていた鉄道王ジェイムズ・J・ヒルの館もこのサミット・アヴェニューに建っている。そんな上流階級の生活をすぐ近くで毎日のように目にしていた若き日のフィッツジェラルドから、のちに「冬の夢」（一九二二）をはじめ「金持ちの青年」（一九二六）など、同様の立場の主人公を描いた作品が数多く生まれたのも当然のことであった。そこには、ジェイ・ギャッツビーだけでなく、ディック・ダイヴァーも含まれていることは言うまでもない。つましい牧師の家に生まれた彼も、イェール大学を出た若きエリートとしての将来が約束されているかに見えたが、結局はウォーレン家からすればマージナルな存在に過ぎなかったのだ。すぐ近くまで来ることは許されても、その一員として受け入れられることは絶対になかったのだ。ウォーレン家はイースト・エッグの、そしてディックはウェスト・エッグの住人ということになるのだ。両者は決して相交わることはない。

『夜はやさし』と『グレート・ギャッツビー』の決定的な違い

ただ、『夜はやさし』には『ギャッツビー』の場合との決定的な違いがある。それはディックがその求心力を失っていくと同時に、「黒さ」を帯びた人物がその存在感を増してくる点だ。それは「半分アメリカ人」で「あとの半分はフランス人」だというトミー・バーバンだ。彼は最後に再生していくニコルが選ぶ相手である。彼の風貌は次のように描写されている。

トミーのハンサムな顔は黒々と日に焼けている。そこにはもはや、深い日焼けの持つ感じのよさはなく、さりとて黒人の肌の青みがかった美しさもない——ただのくたびれた革の色だ。見知らぬ太陽に色素を奪われたエキゾチックな顔、異郷の土に養われた体、多言語の癖に歪んでぎこちない舌、絶えず緊急事態に備えているような態度――ニコルにとってはそれらすべてが魅惑的で、なぜか心休まるものがある――再会した瞬間から、心の中で、彼女はトミーの胸に身を寄せていた。

彼は黒人ではないが、ディックとは違い黒く日焼けしている。そのエキゾチックな顔の「ダーク」な色は明らかにディックとは対極的な位置にいる人物であることを示唆している。そして何よりも、ウェスト・エッグ的な要素を兼ね備えている点は注目に値する。言い換えればそれはギャツビー的だとも言えるのだ。そんなトミーにニコルは心を惹かれ、最後にディックと別れた彼女はトミーのもとに行くことを選ぶ。

この再会の場面が「五年ぶり」であることもそうだが、最後にニコルをめぐってディックと対決する場面は、トムとギャツビーの対決場面に一致している――「きみの女房はきみを愛していない」「おれを愛してるんだ」。プラザ・ホテルでのあの修羅場と重なる。

「おれに言わせれば、きみとニコルの結婚生活に先がないのは明らかだ。ニコルはもううんざりしている。おれは五年前からこうなるのを待ってたんだ」
「ニコルの言い分を聞こうか」
男二人がニコルに顔を向ける。

「わたし、トミーのことがとても好きになったの、ディック」

ディックがうなずく。

「あなたもわたしのこと、もう好きじゃないんでしょう」ニコルは続けた。「ただの惰性で続いているだけだわ。ローズマリーのことがあって以来、何もかも変わっちゃったみたい」

トミーはこの切り口が気に入らないらしく、鋭く割って入ってきた。

「きみはニコルのことがわかっていない。昔病気だったっていうだけで、いつまでも病人扱いしてるんだ」

この後、ディックはトムの場合と同様にニコルとの過去の生活のことを話し始める――「きみらはおたがいがまだ新鮮なんだろう。だがね、トミー、ニコルとぼくにもいろいろ幸せなことはあったんだぜ」。しかし、ニコルが離婚を望んでいるというトミーの言葉に対し、ディックはそれ以上反論することはなく、もう「話はついたわけ」だから、「床屋に戻ろうか」と提案する。トムの場合とは違い、ここでディックはニコルを引き留めようとはしない。基本的に離婚には賛成だといい、「細かいことはニコルとぼくとで話し合うよ」とトミーに告げる。

トミーは過去の習慣に固執し、今変化しつつある目の前の現実に目を向けないディックを批判している。新たな勢力の台頭の象徴であるトミーがこうして最後には勝利するのだが、ここが『ギャツビー』の場合との決定的な違いだ。そこではいとも簡単に消される運命にあったジャズ=黒人だが、『夜はやさし』では逆の結果となっているのだ。それはアメリカとは異なり、フランスにおいては音楽としてのジャズだけではなく、黒人もその地位をそれなりに確立しつつあったことを物語っているのではないだろうか。ジャズは、アメリカにおいては人種問題として扱われたが、フランスでは文化として議論されたのである。それは本書の序章においても言及した点だが、フィッツジェラルドはヨーロッパを舞台としたこの作品において、ギャツビー的な要素を持つ人物に市民権を与えることに成功したのだ。トミーが半分アメリカ人であり、あとの半分がフランス人であるという点にはそうした意味が込められているのだ。この点においては、ジャズは海を渡ることでアメリカでは得られなかったものを獲得したことになる。フランスにおける黒人差別は、アメリカ人のサークルの間だけのものであったということだ。

『ギャツビー』の第一章にトムの文明論が展開される場面があるが、これはまさしく白人優越主義につながるものである。その彼はさらにギャツビーのことを「どこの馬の骨ともわからん男」と呼び、白人と黒人の間の結婚を非難している。それはギャツビーの「素性」のことを言っているのであり、自分から妻を奪おうとする相手を黒人同様に扱っていることになる。こうしたギャツビーの立場はトミーにもそっくり当てはまる。つまり彼も素性ははっきりわからない男であり、どこか黒人的な雰囲気を持つ男として描かれているからだ。しかし、最後にはトムのいう素性の違う者同士の結婚は成立することになるのだ。

ただ、考えてみれば、ディックはイースト・エッグのトムとは違い、結局はトミーと同様、ウェスト・エッグに属する人物である。そうすると、少々人間関係の相関図に違いが出てくる。『ギャツビー』の場合は明らかにイースト・エッグ対ウェスト・エッグの闘いであったのだが、『夜はやさし』の場合はどう解釈すればいいのだろうか。

それは結局同じ側に属する人間同士の対決ということになるわけだが、ディックはいつの間にかウォーレン家に飼い慣らされてしまい、中途半端な状態ではあるが、気がつけばバイタリティーにあふれたウェスト・エッグ側の魅力を失ってしまった人間なのだ。つまり彼はイースト・エッグに少なくとも片足を突っこんでいた人間ということができる。こうしたディックのどっちつかずの状態が、彼の哀れな結末に現れているとも言えるだろう。

ジャズ的眼差しの喪失

ニックを深く傷つけた「思慮を欠いた人々」のことを思うとき、それは『夜はやさし』におけるベイビー・ウォーレンと重なってくる。彼女はまさに金でディックを買ったような人物であり、ギャツビーがあっさりと始末されてしまったように、ディックを用が済むと見捨ててしまう。ニコルとは姉妹関係にあるわけだから、当然といえば当然だが、二人にはトムとデイジーに見られるような「自然な親密さ」が備わっている。ディックにも非があったとはいえ、彼に対する最後のニコルの姿勢は姉と同様のものと言われても仕方がないだろう。おそらく彼女にはその意識はないのだろうが、無意識のうちにそういう結末を当然のこととして受け入れられる人物なのだ。

ニコルの精神的疾患の原因となった父親のデヴロー・ウォーレンに関しても、金の力にものを言わせて問題を解決しようとする無責任な人物だと言われても仕方ない。すべては人に自分の後始末を任せ、どこか脳天気に生きているのだ。こうした人々には人に対する思慮というものがまったくないのだ。それはまさに「思い上がり」そのものなのだ。

この思い上がりのロジックは、トランプ大統領のアメリカが象徴する白人優越主義にそっくり当てはまる。彼らは思い上がっているだけで、アメリカ人として何ら努力をしていない。むしろ、必死でアメリカ人になろうとしている人々を殺しているのだ。ギャツビーを殺した人々と同じように。それは、二〇一八年秋、貧困や犯罪に喘ぐ南米ホンジュラスからアメリカを目指した大量の人々にも当てはまる。この「キャラバン」と呼ばれる移民をトランプ大統領は受け入れようとはしなかった。軍隊を派遣してこれを阻止しようとしたのだ。ここでもアメリカは新たにジャズを殺そうとしている。ギャツビーを殺し、ディックをさまよわせる結果となったように。

アメリカという大国をアメリカたらしめている最大の要因とは何なのか？　それはマイノリティーへの温かく優しい眼差しであるはずだ。それを、今のアメリカは失いかけている。それはつまり、「ジャズ的眼差し」を失っていることになるのだ。マイノリティーへの共感こそがアメリカを作ってきたはずなのに、今はそれを撃退しようとしている。それなしではアメリカの存在価値はありえないはずなのに。ジャズを育てることでアメリカを作ってきたはずが、一方でことごとくそれをつぶそうとする人々がいるのだ。これが残念ながらアメリカという大国の歴史であり現実なのだ。「イースト・エッグ」と「ウェスト・エッグ」は今もアメリカに存在している。

「ジャズ・エイジ」は終わらない。

参考文献

アルジャー、ホレイショ『ぼろ着のディック』畔柳和代訳、松柏社、二〇〇六年。

ウィルスン、エドマンド『アクセルの城——1870年から1930年にいたる文学の研究』土岐恒二訳、筑摩書房、一九七二年。

カウリー、マルカム『ロスト・ジェネレーション——異郷からの帰還』吉田朋正、笠原一郎、坂下健太郎訳、みすず書房、二〇〇八年。

川本三郎「この空っぽの世界のなかで——村上春樹論」『青の幻影』文藝春秋、一九九三年。

サリンジャー、J・D『キャッチャー・イン・ザ・ライ』（ペーパーバック・エディション）村上春樹訳、白水社、二〇〇六年。

シェフネル、アンドレ『始原のジャズ——アフロ・アメリカンの音響の考察』昼間賢訳、みすず書房、二〇一二年。

ソロー、ヘンリー・D『ウォールデン 森の生活』（上・下）今泉吉晴訳、小学館文庫、二〇一六年。

トムキンズ、カルヴィン『優雅な生活が最高の復讐である』青山南訳、新潮文庫、二〇〇四年。

野中柊「永遠のアンチテーゼ」『あの日、「ライ麦畑」に出会った』角田光代他、廣済堂出版、二〇〇三年。

比嘉美代子「『エデンの園』——キャサリン・ボーンと鏡」『ヘミングウェイを横断する——テクストの変貌』日本ヘミングウェイ協会編、本の友社、一九九九年。

フィッツジェラルド、F・スコット『グレート・ギャツビー』村上春樹訳、中央公論新社（村上春樹翻訳ライブラリー）、二〇〇六年。

——『スコット・フィッツジェラルド作品集——わが失われし街』中田耕治編訳、響文社、二〇〇三年。

——「バビロンに帰る」『バビロンに帰る——ザ・スコット・フィッツジェラルド・ブック2』村上春樹編訳、中公文庫、一九九九年。

――『崩壊』（フィッツジェラルド作品集3）渥美昭夫、井上謙治編、荒地出版社、一九八一年。

――『夜はやさし』森慎一郎訳、作品社、二〇一四年。

――『ラスト・タイクーン』大貫三郎訳、角川文庫、二〇〇八年。

フィッツジェラルド、ゼルダ「ワルツはわたしと」『ゼルダ・フィッツジェラルド全作品』マシュー・J・ブラッコリ編、青山南、篠目清美訳、新潮社、二〇〇一年。

フラナー、ジャネット『パリ・イエスタデイ』宮脇俊文訳、白水社、一九九七年。

ヘミングウェイ、アーネスト『移動祝祭日』福田陸太郎訳、岩波書店、一九九〇年。

――『日はまた昇る』佐伯彰一訳、集英社文庫、二〇〇九年。

――『勝者に報酬はない・キリマンジャロの雪――ヘミングウェイ全短編2』高見浩訳、新潮文庫、一九九六年。

マキャフリ、ラリィ『アヴァン・ポップ』巽孝之、越川芳明編、筑摩書房、一九九五年。

宮脇俊文『アメリカの消失――ハイウェイよ、再び』水曜社、二〇一二年。

――『「グレート・ギャツビー」の世界――ダークブルーの夢』青土社、二〇一三年。

――「ピューリタニズムからマルティカルチュラリズムへ」『アメリカの嘆き――米文学史の中のピューリタニズム』秋山健監修、宮脇俊文、高野一良編著、松柏社、一九九九年。

――「フィッツジェラルド『グレート・ギャツビー』が描いたアメリカ社会――消されたジャズ・よみがえるジャズ」『映画は文学をあきらめない――ひとつの物語からもうひとつの物語へ』宮脇俊文編、水曜社、二〇一七年。

――『村上春樹を、心で聴く――奇跡のような偶然を求めて』青土社、二〇一七年。

村上春樹『世界の終りとハードボイルド・ワンダーランド』（上・下）新潮文庫、二〇一〇年。

――「ゼルダ・フィッツジェラルドの短い伝記」『ザ・スコット・フィッツジェラルド・ブック』中公文庫、一九九一年。

――『ノルウェイの森』（上・下）講談社文庫、二〇〇四年。

――「はじめに・回転木馬のデッド・ヒート」『回転木馬のデッド・ヒート』講談社文庫、一九八八年。

――「フィッツジェラルド体験」『マイ・ロスト・シティー』スコット・フィッツジェラルド著、村上春樹訳、中公文庫、一九八四年。

――『螢・納屋を焼く・その他の短編』新潮文庫、一九八七年。

――、川上未映子『みみずくは黄昏に飛びたつ』新潮社、二〇一七年。

――「村上春樹ロング・インタビュー」『パー・アヴィヨン』一九八八年四月。

――「『夜はやさし』の二つのヴァージョン」『ザ・スコット・フィッツジェラルド・ブック』中公文庫、一九九一年。

湯原かの子『カミーユ・クローデル――極限の愛を生きて』朝日新聞社、一九八八年。

ロッジ、デイヴィッド『小説の技巧』柴田元幸、斎藤兆史訳、白水社、一九九七年。

＊本書で引用した小説、エッセイの訳文に関しては、原則として右記のリストに記した翻訳に従っているが、一部筆者が変更を加えている部分もあることをお断りしておく。
　また、フィッツジェラルドの手紙に関しては、森慎一郎編訳「小説『夜はやさし』の舞台裏――作者とその周辺の人々の書簡より」を参考にさせていただいた。

Alger, Horatio Jr. *Ragged Dick; or, Street Life in New York with the Boot Blacks*. New York: W. W. Norton, 2007.
Blower, Brooke L. *Becoming Americans in Paris: Transatlantic Politics and Culture between the World Wars*. New York: Oxford UP, 2011.
Blume, Mary. *Côte d'Azur: Inventing the French Riviera*. New York: Thames and Hudson, 1992.
Bricktop and James Haskins, *Bricktop*. New York: Welcome Rain Publishers, 2000.
Brown, David S. *Paradise Lost: A Life of F. Scott Fitzgerald*. Cambridge: The Belknap P of Harvard UP, 2017.
Bruccoli, Matthew J. *Some Sort of Epic Grandeur: The Life of F. Scott Fitzgerald*. New York: Carroll & Graf, 1991.
Chesler, Phyllis. *Women and Madness*. Chicago: Chicago Review P, 2005.

Comley, Nancy R. and Robert Scholes, *Hemingway's Genders: Reading the Hemingway Text*. New Haven: Yale UP. 1996.

———. "Madwomen on the Riviera: The Fitzgeralds, Hemingway, and the Matter of Modernism." *French Connections: Hemingway and Fitzgerald Abroad*. Ed. J. Gerald Kennedy and Jackson R. Bryer. New York: Macmillan, 1998.

Cowley, Malcolm. *Exile's Return: A Literary Odyssey of the 1920s*. London: Penguin Books, 1994.

Donaldson, Scott. *Hemingway vs. Fitzgerald: The Rise and Fall of a Literary Text*. New Haven: Yale UP, 1994.

Fitzgerald, F. Scott. *The Basil, Josephine, and Gwen Stories*. Ed. James L. West III. New York: Cambridge UP, 1993.

———. *The Great Gatsby*. Ed. Matthew J. Bruccoli. New York: Cambridge UP, 1991.

———. *The Correspondence of F. Scott Fitzgerald*. Ed. Matthew J. Bruccoli and Margaret M. Duggan. New York: Random House, 1980.

——— and Maxwell Perkins. *Dear Scott/Dear Max: The Fitzgerald-Perkins Correspondence*. Ed. John Kuehl and Jackson R. Bryer. New York: Charles Scribners Sons, 1971.

——— and Zelda Fitzgerald. *Dear Scott, Dearest Zelda: The Love Letters of F. Scott and Zelda Fitzgerald*. Ed. Jackson R. Bryer and Cathy W. Barks. New York: St. Martin's Press, 2002.

———. *The Dreams of His Youth: Letters of F. Scott Fitzgerald*. Ed. Andrew Turnbull. London: Max Press, 2011.

———. *Letters to His Daughter*. Ed. Andrew Turnbull. New York: Charles Scribner's Sons, 1963.

———. *The Love of the Last Tycoon: A Western*. Ed. Matthew J. Bruccoli. New York: Cambridge UP, 1993.

———. *My Lost City: Personal Essays, 1920-1940*. Ed. James L. West III. New York: Cambridge UP, 2005.

———. *Tales of the Jazz Age*. Ed. James L. West III. New York: Cambridge UP, 2002.

———. *Taps at Reveille*. Ed. James L. West III. New York: Cambridge UP, 2014.

———. *Tender Is the Night: A Romance*. Ed. James L. West III. New York: Cambridge UP, 2012.

Fitzgerald, Zelda. *Save Me the Waltz*. London: Vintage Classics, 2001.

Flanner, Janet. *Paris Was Yesterday: 1925-1939*. London: Virago P, 2003.

Fleming, Robert E. *The Face in the Mirror: Hemingway's Writers*. Tuscaloosa: U of Alabama P, 1994.

Gajdusek, Robert E. "The Metamorphosis of Fitzgerald's Dick Diver and Its Hemingway Analogs." *French Connections: Hemingway and Fitzgerald Abroad*. Ed. J. Gerald Kennedy and Jackson R. Bryer. New York: Macmillan, 1998.

Hemingway, Ernest. *The Complete Short Stories of Ernest Hemingway: The Finca Vigia Edition*. New York: Charles Scribner's Sons, 1998.

———. *Ernest Hemingway: Selected Letters, 1917-1961*. Ed. Carlos Baker. New York: Charles Scribner's Sons, 1984.

———. *The Garden of Eden*. New York: Charles Scribner's Sons, 1986.

———. *The Moveable Feast*. New York: Charles Scribner's Sons, 1964.

———. *The Sun Also Rises*. New York: Charles Scribner's Sons, 1954.

Jackson, Jeffrey H. *Making Jazz French: Music and Modern Life in Interwar Paris*. Durham: Duke UP. 2003.

Kennedy, J. Gerald, *Imagining Paris: Exile, Writing, and American Identity*. New Haven: Yale UP, 1993.

Limon, John. *Writing after War: American War Fiction from Realism to Postmodernism*. New York: Oxford UP, 1994.

Lodge, David. *The Art of Fiction*. London: Vintage, 1992.

Lynn, Kenneth S. *Hemingway*. Cambridge: Harvard UP, 1987.

Messenger, Chris. "'Out Upon the Mongolian Plain': Fitzgerald's Racial and Ethnic Cross-Identifying in *Tender Is the Night*." *Twenty-First-Century Readings of Tender Is the Night*. Ed. William Blazek and Laura Rattray. Liverpool: Liverpool UP, 2007.

Meyers, Jeffrey. *Scott Fitzgerald: A Biography*. New York: Harper Collins, 1994.

Miyawaki, Toshifumi. "A Writer for Myself: F. Scott Fitzgerald and Haruki Murakami." *F. Scott Fitzgerald in the 21st Century: Centennial Essays*. Ed. Jackson Bryer, Ruth Prigozy and Milton Stern. Tuscaloosa: U of Alabama P, 2003.

Riley, Charles A. *The Jazz Age in France*. New York: Harry N. Abrams, 2004.

Salinger, J. D. *The Catcher in the Rye*. New York: Little, Brown and Company, 1991.

Sharpley-Whiting, T. Denean. *Bricktop's Paris: African American Women in Paris between the Two World Wars*. Albany: State U of New York P, 2015.

Shindo, Charles J. *1927 and the Rise of Modern America*. Lawrence: UP of Kansas, 2010.
Slotkin, Richard. *Regeneration through Violence: The Mythology of the American Frontier, 1600-1860*. Norman: U of Oklahoma P, 2000.
Spilka, Mark. *Hemingway's Quarrel with Androgyny*. Lincoln: U of Nebraska P, 1990.
Stern, Milton R. *Tender Is the Night: The Broken Universe*. New York: Twayne Publishers, 1994.
Thoreau, Henry D. *Walden*. Princeton: Princeton UP, 2004.
Tomkins, Calvin. *Living Well Is the Best Revenge*. New York: Museum of Modern Art, 2013.
Washington, Brayan R. *The Politics of Exile: Ideology in Henry James, F. Scott Fitzgerald, and James Baldwin*. Boston: Northeastern UP, 1995.
West III, James L. W. "*Tender Is the Night*, 'Jazzmania', and the Ellington Matricide." *Twenty-First-Century Readings of Tender Is the Night*. Ed. William Blazek and Laura Rattray. Liverpool: Liverpool UP, 2007.
Wilson, Edmund. *Axel's Castle: A Study of Imaginative Literature of 1870-1930*. New York: Farrar Straus & Giroux, 2004.

（その他の参考資料）
ＤＶＤ「ＮＨＫスペシャル　映像の世紀第２集　大量殺戮の完成」ＮＨＫエンタープライズ、二〇〇五年。

初出
次の二つの章に関しては、左記のタイトルで以前に発表したエッセイに適宜手を加えたものである。
第二章：「『海の変化』の物語——『夜はやさし』と『エデンの園』」『アメリカ文学ミレニアム１』國重純二編、南雲堂、二〇〇一年。

第六章：「アメリカ人特有の思い上がりと傷つく人々」柏書房ウェブマガジン「アルカーナ・ムンディ」〈アメリカ文学の彼方へ〉＃8、二〇一五年二月六日。〈http://www.kashiwashobo.co.jp/arcana-mundi/miyawaki/article02/628/〉

あとがき

『夜はやさし』をはじめて読んだのは、大学の四年生の時に『グレート・ギャツビー』と出会ってから何年も経ってからだった。実はあまり明確に覚えてはいない。ただ少なくとも最初の感想は退屈な作品ということであったことはよく覚えている。最後まで読むのが少々苦痛でさえあったと記憶している。それは確か〈カウリー版〉だった。だが、その後何年か経って再び読むことになったときは、オリジナル版で読んでみた。すると今度は結構作品世界に引き込まれていった。やはり、リヴィエラ海岸のまぶしい夏の場面から始まる方が僕の好みだったようだ。

それでも、やはりこの作品が『ギャツビー』を超えることはなかった。そこには『ギャツビー』のような歯切れの良さがほとんどなかったのだ。やはり途中で退屈してしまったのだった。それが、ヘミングウェイや村上春樹ではないけれど、必要に駆られてということもあって、何度か読み返すうちにいつの間にかその物語世界に深くのめり込んでいくことになっていった。『ギャツビー』の場合は、なぜ彼が最後に殺されなければならなかったのかという意味での後味の悪さは残ったものの、やはりあの最後の感動的な一節によって素晴らしい高揚感に酔いしれることができた。それに対し、『夜はやさし』の場合は重苦しく哀しい、そしてどこか納得のいかない気持ちのまま、最後には突き放されたような感じさえした。

フィッツジェラルドが九年の歳月を費やして世に出した『夜はやさし』は、当初そんな風に感じられた作品だったが、はじめて手にしてから少なくとも三〇年以上経った今では、僕の中で確固たる不動の地位を築いている。そこまで来るのにずいぶん時間がかかったわけだが、その分特別な愛着を感じることができるし、愛しくさえ思える作品である。それは滅びゆくものへの慈しみかもしれない。失われていくものへの哀愁の念かもしれない。ただそれだけならいつかは時の流れとともにその存在感は薄れていっただろう。しかし、この小説にはそれ以上の何かがある。だからこそ、時間をかけてじわじわと僕の中にその根を張ってきたのだと思う。

僕が僕なりの人生経験を積んできたから言えることなのかもしれないが、そこにあるのは一言で言えば我々の人生の本質であり、厳しい社会の現実である。背景となる時代や場所の特徴はもちろん異なるが、それらを超えたところに存在する形にできない何かが我々の魂を揺さぶるのだ。それはもはや作者であるフィッツジェラルドだけのものではない。この作品を彼の人生に重ね合わせて読む必要などない。それはもう我々読者のものだからだ。それこそがこの作品の持つ現代性であり、普遍性でもあるのだ。

「ジャズ・エイジ」はアメリカの二〇年代の呼び名である。それが海を越えてフランスにも渡っていった。だがそれは実はそれだけで終わったわけではない。ジャズ・エイジはさらに別の海を越えて日本にもやって来たのだ。それは太平洋戦争後、ジャズという音楽とともに一気に日本に流入してきたアメリカ文化である。広い意味では、これらすべてのアメリカ文化を総称して「ジャズ」と呼ぶこともできるのではないだろうか。つまり戦後、日本にも「ジャズ・エイジ」はやって来たのだ。食べ物から着る物まであらゆる「アメリカ」に日本人は出会ったのだ。そしてジャズはそのビージーエムとなったのだった。

当初、一般の日本人はジャズを白人の音楽だと捉えていた。つまり、アメリカ文化とは白人文化だったのだ。アメリカは多くの新たな文化を日本に持ち込み、人々に夢を与えてくれたことは事実だ。しかし、彼らは同時にネガティブな要素をも持ち込んだのだった。それはジャズに付随する人種差別である。結果として、日本でも白人をアメリカ人と呼び、黒人はアメリカ人であるにもかかわらず黒人と呼ぶようになった。これはアメリカ本国の悪しき習慣が日本にも持ち込まれた一例である。我々日本人の中にそうした意識はなかったとしても、それがいつしか定着することで人種に対する意識も変わってきたかもしれない。

アメリカでは、残念ながら今日でもこの人種差別は跡を絶たない。トランプ政権誕生以降、ますますかつてのように激しくなっている側面もある。こうした実態を思うとき、ひとつ気にかかることがある。それはアメリカに本部を置き、世界各国の会員を有する「フィッツジェラルド協会《ソサエティー》」という学会のことである。僕自身もここには過去二〇年以上にわたり何度か顔を出してきたが、その会員には人種的偏りが存在していることが最近になって気になりはじめた。一九九四年にパリで国際大会が開催されたとき、一人の黒人研究者と出会い、言葉を交わしたことを覚えているが、それ以来、記憶を辿ってみても、参加者の大半が白人であるという事実に驚きを隠せなくなったのだ。もしかしたら僕自身があまり意識していなかったせいで、見逃していたのかもしれない。それにしても、皆無とは言わないまでもほとんど見かけないというのは事実だ。最近では二〇一七年の国際大会に参加したが、ここでも黒人研究者を見かけることはなかった。その影は非常に薄いと言わざるをえない。まるで『ギャツビー』の中で消されていく黒人であるかのようだ。

なぜだろう。黒人の文学研究者はこの作家にはあまり興味がないのだろうか。それなら仕方がない。もしそうだとしたらその理由はどこにあるのか。白人だけが独占しているかに見えてしまうのは、それが「アメリカの夢」という点を強調しすぎているからかもしれない。白人たちにとっては、夢は実現できるはずのものかもしれないが、黒人を含むその他の非白人側にとってはそう簡単なものではない。言い換えれば、いくら頑張ってもそれが叶わない人々をアメリカはつくり出してきたのだ。そんな現実をよそに、フィッツジェラルドの同好会的、あるいはファンクラブ的な集まりをあちこちで催しているのは脳天気としか言いようがない。事実、国際大会とはいえ、大半はアメリカ人とヨーロッパ人である。アジアからやってくるのは僕を含めた日本人くらいである。

これはどう考えても不思議な現象であると言わざるをえない。彼らが意図的にそうしているとは思わないが、彼らはもっと白人以外の視点を導入する努力をすべきではないだろうか。フィッツジェラルドが実は人種や階級を強く意識した作家であることを考えると、白人中心の学会が展開されているのは不自然である。『ギャツビー』が広い意味での黒人の視点に立った作品であることを、あるいは、『夜はやさし』が階級格差に押し潰されていく白人を描いていることをもっと理解すべきではないだろうか。彼の作品はこのようにマイノリティーの立場を描いている点を忘れてはいけないのだ。

フィッツジェラルドはアメリカ人の中でも微妙な立場にいたことは確かだ。我々日本人からすれば白人には違いないのだけれど、実際はそう簡単に片づけられるものではないのだ。そのあたりのアメリカの現実を彼は見事に小説の形で提示している。そこを我々が読み取ることで、アメリカの実態が見えてくるのだ。そして、そのアメリカの実態をもっともよく言い表すことができる手段が「ジャズ」だということをこの作家は教えてくれる。音楽としてのジャズだけではなく、人種や階級の問題をも含んだジャズのことだ。それはフィッツジェラルドの文学を理解するとき、最も有効なキーワードのひとつであることは間違いないだろう。そんなことを以前にも増して意識するようになった結果として本書は生まれた。

今回もまた前回の『村上春樹を、心で聴く』の時の最強コンビとタッグを組むことで本書は完成した。青土社編集部の足立朋也氏と営業部の榎本周平氏の二人である。僕の表現したいことをうまく文章に乗せていく作業の環境作りを巧妙なまでにやってのけてくれる人たちである。二人には前回と同様の謝意を表したい。

最後に、ジャズが本来の音楽のジャンルとしてのみ世界に響き渡る日が来ることを願ってやまない。文学が世界を救うと信じて……

二〇一九年一月

平成最後の年に　吉祥寺にて

宮脇俊文

宮脇俊文（みやわき・としふみ）

1953（昭和28）年、神戸市生まれ。成蹊大学経済学部教授。専門はアメリカ文学、比較文学、ジャズ研究。日本F.スコット・フィッツジェラルド協会会長、ミネソタ大学客員教授などを歴任。主な著書に『『グレート・ギャツビー』の世界——ダークブルーの夢』、『村上春樹を、心で聴く——奇跡のような偶然を求めて』（以上、青土社）、『アメリカの消失——ハイウェイよ、再び』（水曜社）などがある。

ジャズ・エイジは終《お》わらない　『夜《よる》はやさし』の世界《せかい》

2019年2月20日　第1刷印刷
2019年3月1日　第1刷発行

著　者　宮脇俊文《みやわきとしふみ》

発行者　清水一人
発行所　青土社
〒101-0051　東京都千代田区神田神保町1-29　市瀬ビル
電話　03-3291-9831（編集部）　03-3294-7829（営業部）
振替　00190-7-192955

印　刷　ディグ
製　本　ディグ

装　幀　ミルキィ・イソベ

©Toshifumi Miyawaki 2019
ISBN978-4-7917-7144-8
Printed in Japan